「こんにちは、颯真さん。
今日はお招きいただき、
ありがとうございます」

自分の悩みを全然理解してくれないことに苛立ったのか、
千佳が突然スカートの裾をめくり、
太ももを見せつけてきた。

「ちょッ!?　何やってんのお前!?」

「ほら、このへんが太くなっちゃってるんです！　お肉が付いて、ぷにぷにしちゃってるんです！」

「私が巻いてあげます。
颯真さんはそこに立っているだけで
結構ですよ」
「ちょっと待て！　苦しい苦しい！
変なところが締まってる！」

愛され天使なクラスメイトが、俺にだけいたずらに微笑む 2

水口敬文

HJ文庫
1139

口絵・本文イラスト　たん旦

2
The classmate who is adored by everyone, smiles teasingly only at me

CONTENTS

プロローグ

早朝の図書室は、とても静かだった。

開け放たれた窓から舞い込む風は金木犀の甘い香りを含んでいて、ふわっとやわらかい気持ちにしてくれる。

図書室には、早くに登校した市瀬颯真以外、誰もいなかった。利用者どころか、当番としていなくてはいけない図書委員さえいない。

そんな図書室を独り占めしつつ、颯真は一冊の本を黙々と読んでいた。

小説ではない。参考書でもない。

読んでいるのは、お菓子のレシピ本、それも何十年も前に発行された古いものだ。

学校の図書室という場所は、町の本屋と違って、本棚に並ぶ本がドンドン入れ替わるわけではない。破損したり汚れたりしなければ、古い本だっていつまでも本棚に置かれ続ける。探せば、平成どころか昭和のものだって見つけられた。

パティシエ志望の颯真は、そんな古いレシピ本を図書室や図書館で発掘するのを密かな楽しみとしていた。

令和と平成、あるいは昭和では、同じお菓子でも作る工程や材料が異なったりする。それが面白く、勉強になるのだ。

たとえば、ケーキ。

今でこそケーキは生クリームでデコレーションするのが当たり前だが、昭和中期まではバタークリームでデコレーションするのが主流だったなんて、知らなかった。

「冷蔵庫が普及していないから、常温でも保存がきくバタークリームがメインだったのか……。だったら、ピクニックに持っていったケーキも、バタークリームで作るのもありだったかもな」

色褪せたケーキの写真を眺めながら、イチゴのショートケーキと、それをおいしそうに食べてくれた少女のことを思い浮かべる。

彼女が喜びそうなお菓子はないかなとパラパラとページをめくっていく。

と、オレンジ色が目に飛び込んできて、手が止まった。

「へぇ、昭和にもハロウィンってあったんだな」

季節のイベントを彩るお菓子の項目で、ハロウィンのお菓子が紹介されていた。パンプキンパイや、コウモリやお化けの形をしたクッキーが掲載されている。

当時はハロウィンがまだメジャーではなかったため、コウモリやお化けのクッキー型なんてものが市販されていなかったようだ。そのため、型の作り方までレシピの一部になっているのが、ちょっと面白い。

「ハロウィンスイーツ、か」

今度コウモリのクッキーでも焼いて、彼女に食べてもらおうか。

そんなことをぼんやりと考えていた時だった。

「颯真さん、見ぃーつけたー」

かくれんぼの鬼をやってる小学生みたいなことを言いながら、一人の女子生徒が図書室に飛び込んできた。

「お前が図書室に来るなんて珍しいな」

たった今顔を思い浮かべていた人物が姿を現し、軽く驚いてしまう。

そこそこ図書室に足を運んでいるが、ここでこの茶色い髪の少女を見た記憶はない。

「いえ、図書室に用事があるわけでは。この図書室、品揃えがイマイチなんですよね」

「そんなこと言うと、司書の先生が泣くぞ」

先生の代わりに渋い顔をすると、里見千佳は面白そうにフフフと笑った。

トコトコと近づきながら、

「登校して颯真さんの席を見たらもうカバンがあったので、どこにいるのかなーって探してたんです」

「俺に何か用か？」

「ええ、まあ」

颯真のすぐ近くにまでやってきた少女は、両手を広げてくるんと回った。そして、どうですか？　と言わんばかりにポーズを取ってみせる。

「うん……なんだ？」

意味がわからず困惑の表情を浮かべると、彼女はもう一度同じことを繰り返してみせた。

やっぱり意味がわからない。

「さっぱりわからん」

正直に言うと、千佳は不満げにぷくりと頬を膨らませた。およそ高校生らしくない仕草だが、どこか幼い雰囲気がある彼女にはしっくりきてしまう。

「衣替えですよ衣替え！　冬服になった私を見て、何か感想を言ってくれないんですか？」

「なんだ、制服か」

とんでもない見落としをしているのではと焦って損した。

「感想も何もないだろ。十月なんだから、みんな冬服になる。俺だって冬服だ」

と、自分が着ているブレザーを指さす。

「だいたい、高校に入学してから四月と五月の二ヵ月は冬服だったろ。今さら、新鮮さとか珍しさとかあるはずがない」

「もうっ！　そういうことじゃありません！　女の子が昨日と違う恰好をしているんですから『綺麗だよ』とか『可愛いよ』とか『とっても似合ってるよ』とか言ってくれてもいいじゃないですか」

「制服でそんなことを言われても」

誰が着ても似合うように制服はデザインされている。颯真だって、入学式の朝には似合っていると両親に褒められた。

制服とは、そういうものなのだ。

「つまんない！　とってもつまんないです！」

望んだリアクションをもらえなかった千佳は、まるっきり駄々っ子みたいに両手両足をジタバタと振り回した。

彼女一人のせいで、静かだった図書室が賑やかになってしまう。

「斉藤あたりに頼めよ。あいつなら嫌になるくらい褒めてくれるだろ」

そう言って、視線をレシピ本に戻す。

　これから散々見ることになる制服の冬服よりも、昭和のレシピの方がはるかに興味深い。

「もうっ！　颯真さん、全然わかってないですね！」

　千佳が不満そうな声を上げたが、もはや颯真の耳には届いていなかった。

　席の隣に立つクラスメイトのことなど忘れ、頭の中でせっせとクッキーを作っていく。イメージトレーニングは大事だ。

　頭の中で、コウモリと猫の形にくり抜いたクッキー生地を天板に並べ、オーブンレンジに入れた時だった。

　突然、レシピ本が視界から消えた。

　いや、厳密にはレシピ本が消えたのではなく、颯真の顔が強制的に横を向けさせられた。

　顎を掴んだ千佳に文句を言う。

「おい、邪魔すんなよ」

「私は、冬服姿の颯真さんは可愛いって思っていますよ？」

　先ほどまでの子供っぽさから打って変わって、妙に大人びた微笑みを浮かべながら彼女は言った。あどけない光を湛えていた瞳も、魔力を帯びた宝石のような輝きを放ち始める。

「は……？」

「私の感想です。感想を求めるだけで、感想を言わないってフェアじゃないと思いまして」

「別に、冬服の感想なんかいらないって」

「まあ、そう言わずに」

顎を持つ手を剥がそうとするが、彼女は笑いながらそれを妨害する。

「冬服の颯真さん、初々しいです。入学してから半年経つのに、ピカピカの新入生みたいに見えちゃいます。すごく可愛らしくて、後輩みたいで、思わず頭を撫でたくなっちゃいます」

「それ、褒めてますよ」

「褒めてないだろ」

言いながら、本当に小さな子供にするみたいに優しく頭を撫でてきた。

こいつはまた……！

颯真は頬を赤くしつつ、喉の奥で唸る。

この少女には、非常に迷惑な悪癖があった。

普段の彼女は、本当に同学年かと疑いたくなるほど幼く無邪気だ。クラスの女子たちからは娘か妹のように可愛がられまくっている。

それなのに、なぜか颯真にだけ真逆の顔を見せることがあった。ゾクッとするほど妖艶で大人びた微笑みを浮かべ、からかってくるのだ。

やめてくれと何度言ってもやめようとしない。それどころか、段々エスカレートしてきている気がする。

「先輩って呼んでくれてもいいんですよ？」

頭を撫でていた手が颯真の黒い髪を梳きながらゆっくりと下り、頬を撫で始める。

「やめろって……」

小さな声で精一杯拒絶の意思を示すが、耳まで赤くしていては説得力はない。

広い図書室で二人きり。

逃げ場はあるのに、逃げられない。

「恥ずかしがる颯真さんって、どうしてこんなにいじらしくて可愛いんでしょうね。可愛い颯真さんを見るためなら、私、どんなことでもしたくなっちゃいます」

愛でながら、ゆっくりと顔を近づけ、耳元で囁く。

「私が冬服の感想を聞いたのに、言ってくれない颯真さんが悪いんですよ。女の子をガッカリさせた罰です」

「言ったら、許してくれるのか？」

「それは、もちろん」

キスしてしまいそうな距離にまで顔を近づけながら、千佳は頷く。

それは、人の心を操る魔法のようだった。

颯真は何も考えることなく、彼女が望む言葉を唇に載せようとしてしまう。

――キーンコーンカーンコーン――。

まさに賛美の言葉を舌に載せようとした瞬間、古びたスピーカーから予鈴が聞こえた。

それは二人にとって、シンデレラの十二時の鐘の音だった。

「あ、ホームルームが始まっちゃいますね」

千佳がいつもの彼女にパッと戻り、颯真の体を解放してくれた。

「教室に戻りましょうか」

その一言で、魔法が解ける。

颯真は、肺に溜め込んでいた息をゆるゆると吐き出した。

「先に行けよ。本を返さないといけないから」

ドクンドクンと脈打つ心臓を押さえながら、さっさと行けと邪険にもう片方の手を振る。

「はーい。それではまた、教室で」

千佳は素直に指示に従い、一足先に一年四組の教室に帰ろうとした。

が、図書室を出る前に、くるりと振り返った。そして、見惚れるくらい可愛い笑顔で言ってくる。

「冬服姿の颯真さんが可愛く見えるっていうのは、本当ですからね？」

「だから、そういうことを言うな。言われても、全然嬉しくないんだよ」

冗談めかして言う彼女を睨み返したが、自分の頬にまだ熱が残っているのを、颯真はしっかりと自覚していた。

第一章　おもてなしはスフレとともに

昼休憩の時間、颯真が籍を置く一年四組では、毎度毎度の光景が繰り広げられていた。

いや、その日の四時間目が体育だったせいで、いつもより賑やかだったかもしれない。

「千佳、ジッとしててねー」

「あのあの、髪ぐらい自分で梳かせますから。してもらわなくても大丈夫ですから」

「いいのいいの。やりたいからやっているのよ。千佳の髪って明るい茶色でふわふわで、綺麗なうえに触り心地もいいのよねー」

一人はせっせとコームを使って千佳の髪の毛を梳き、

「千佳、スカートの折り目、きちんと付け直したよ！」

「ありがとうございます。でもでも、そこまでしていただかなくても……」

「ダメだよー。体育で脱ぎ着したせいでシワになっちゃってたもん」

一人はわざわざ持ってきたハンディアイロンで千佳が穿いているスカートの折り目を付け直し、

「はい千佳、ミートボールだよ〜」

「い、いただきます。でも、その、私より自分のご飯を優先してほしいんですけど……」

「いーのいーの。ようやく回ってきたご飯当番なんだから、やらせてよー」

一人はせっせとひな鳥に餌を与える親鳥のようにお弁当を食べさせていた。

そんな女子たちを、背の高い黒髪の女子生徒が取り仕切っている。

「こらカスミ、前髪は後回しにしなさい。千佳がご飯を食べにくいでしょ。あかりもあんまりスカートを持ち上げないように。男子に千佳の生足を見られちゃうわ」

彼女——斉藤未希は、非常に優秀な生徒だ。成績はダントツの一位で、一年生にもかかわらず、生徒会で副会長を務めている。この高校では知らない者はいないと言っても過言ではない優等生だ。本人は全く気に入っていないが、『万能』なんてわかりやす過ぎるあだ名まで付けられている。

しかしながら、クラスメイトたちには、そんな優等生な一面より、別の一面の方が印象強い。

「あ、こんなところに埃が付いてる」

未希は女子たちに指示を飛ばしながら、千佳が着ている冬服の制服にエチケットブラシで、せっせとブラッシングしていた。

「未希ちゃん、そこまでしなくてもいいんですけど……」

「ダーメ。衣替えしたばかりなんだし、綺麗にしておかなくちゃ」

「私、普通でいいんですけど」

未希は、クラスメイトで親友の千佳をこれでもかと可愛がる親友バカなのだ。教室での彼女を見ていると、全校生徒の前で壇上に立つ彼女がいかに虚構なのかを思い知らされる。

「ワタシはね、千佳が可愛くいてくれるとすごく嬉しいの。だから、これくらいのことさせてちょうだい」

「はぁ……」

親友の過剰な熱意に、千佳は生返事をするしかなかった。

ひとしきりブラッシングしてから、千佳の正面に回り込んで身なりのチェックをする。

「うん、よし。完璧ね」

そして、満足気に頷くと、たまらなくなったのか、千佳の頭を抱きかかえてワシャワシャし始めた。

「あーもー！　ホントに可愛い！　なんでワタシの親友ってこんなに可愛いのかしら！」

「み、未希ちゃん、恥ずかしいですよぅ」

「ちょっと未希！　あたしが梳かした髪をグチャグチャにしないでよ！　てゆーか、そういうことを一人だけやるってズルくない⁉　あたしたちにもさせてよ！」

「わかったわよ。順番だからね」

「ええええっ⁉　みなさん同じことをするんですか⁉」

千佳が軽い悲鳴を上げたが、女子たちはそんなことお構いなしに列を作り、順番に彼女の頭を撫で回し始めた。

実に賑やかで、騒々しい。

だが、これが一年四組のいつもの光景だ。

未希に『万能』というあだ名があるように、千佳にもあだ名がある。

『安らぎの天使』という、安直かつ幼稚なものだ。だが、案外的を射ていて、彼女を中心にワイワイやっているおかげで、一年四組の女子たちの仲は非常に良好だ。七組あたりは、文化系と体育系の間にズッパリ亀裂が入っていて、教室の空気が最悪なんて話を聞く。それを鑑みると、『安らぎの天使』がいてくれてよかったのだろう。

もっとも、毎日毎日昼休憩に一人の女の子に群がり、可愛がりまくるのはどうかとも思うが。

「なんか、人型機動兵器をメカニック総出で整備しているみたいだな」

女子たちの騒ぎを眺めながらサンドイッチを頬張っていた颯真は、そんなことをぼそりと呟いた。

するとと、机の向かい側で弁当をかっ込んでいた菊池翔平が面白そうに笑った。

「おっと珍しい。颯真の口からアニメのたとえ話が出るなんてね」

「この間、サブスクで古いロボットアニメを見たんだ。ラストに小惑星を押し返すやつ。面白かったぞ」

「ますます珍しい。颯真ってお菓子を作る動画しか見ないもんだと思ってた」

「確かにそれがメインだけどな。それしか見ないはずがないだろ。アニメだって見るし、配信者の動画も見るし、MVだって見る」

言外にお菓子バカと言われているように感じて眉をしかめると、翔平はそりゃそうかと笑ってみせた。

「ところで、颯真が弁当を持参なんて珍しいね。いっつもコンビニか学食か脱走なのにさ」

と、机の上に載せられたランチボックスを指さしてくる。

「まあ、たまにはな」

一瞬ドキリとしたが、表面上は平静を装い、食事を続ける。

「全部サンドイッチだけなんて、颯真のお母さんらしいね。大雑把で豪快だ」

ランチボックスの中を覗き込んで、翔平は面白がった。

「…………」

これにはなんと答えればいいのかわからず、無言でサンドイッチを頬張るしかできない。

「ごちそーさま」

そのせいで、早々に食べ終えてしまった。ランチボックスに蓋をして、丁寧に合掌する。

「ちょっとジュース買ってくるわ」

パンばかりの昼食だったので、口の中がパサついてしょうがない。

「いってらー」

まだまだ食事中の翔平に見送られ、教室を出ようとすると、出入り口近くの席に陣取っている女子グループの一人に呼び止められた。

「ちょっと市瀬ぇ、最近お菓子を持ってきてくれないんだけど、どうなってんの？　おかげでおやつ代が増えて困ってるんですけど」

安っぽい金色に髪を染めた派手めの女子が、チョコスティックを突き付けながらそんな文句を言ってくる。

「おい待て。俺は和久井たちのおやつ代を軽くするために、菓子を作っているんじゃないからな」

突き付けられたチョコスティックを奪い取り、ガシガシと食べてやる。

「わかってるわよ。お菓子の試食をしてもらいたいだけなんでしょ」

金髪の女子――和久井が二本目のチョコスティックを取り出しながら、ふふんと笑った。

颯真には、パティシエになりたいという夢がある。そのために独学で勉強・練習をしているのだが、時々試作したお菓子を学校に持ってきて、女子たちに試食を頼んでいた。

ほんの二週間ほど前までは、彼女が言う通り、それなりの頻度でお菓子を持ってきていたのだが、ここ最近はぱったりとやめてしまっている。

「感想が物足りなかったって言うなら、もうちょっとだけ頑張ってあげてもいいけど？」

それは実にありがたい提案だ。だが、

「あー……」

言葉を探しながら、視線が無意識に教室の中央へ泳いでしまう。

「……俺も金欠なんだよ。最近牛乳や卵高いしな」

「そうなんだ。んー……だったら、材料費の半分くらい出してあげよっか？」

「え、マジか」

思いがけない言葉に身を乗り出してしまう。

「マジマジ。あたしたち、市瀬のお菓子、結構好きなんだよ？」

それは意外であると同時に、嬉しい言葉だった。自分が作ったお菓子が褒められることほど嬉しいことはない。

「ま、金欠なのはあたしたちも同じなんで、今すぐに融資はできないけどね。どうしても食べたくなったら頼むわ」

「おう、わかった。材料代出してくれるなら、リクエストはいくらでも聞くから、遠慮なく言ってくれ」

「え、いいの？　そうだなー。十月だし、やっぱハロウィン？　黒猫のクッキーとか可愛くない？」

「ハロウィンか。ちょうどハロウィンスイーツのレシピ見てて、作りたいって思ってたんだ。大歓迎大歓迎」

「そーだ。ハロウィンパーティーとかやったら、市瀬も来る？」

　和久井が冗談めかして、そんなことを言ってきた。

「パーティーって、ここにいる面子でやるんだろ？　女子だけのパーティーに俺が混ざれるかよ。そんな度胸はないから遠慮する」

「意外ー。いっつも女子グループの真ん中に突っ込んでお菓子配ってるのに。あれ最初見た時、コイツマジでスゲーって思ったんだ」

「あれはその必要があるからだ。というか、和久井のことだから、俺を出張パティシエとしてコキ使いたいだけだろ」

「あ、バレた？　出来立てクレープとか熱々タルトとかガンガン作ってくれたら、テンション上がると思うんだよね」

和久井が大して悪びれもせずにアハハと笑うので、二本目のチョコスティックも奪い取ってやった。

「まあ、ハロウィンスイーツはそのうちマジでお願いね。パーティーは、一応誘ってあげるから」

「わかったわかった。お菓子は任せろ。パーティーは、気が向いたらな」

お菓子をパクパク食べ続ける和久井たちに手を振り、今度こそ教室を後にした。

昼休憩のど真ん中の時間帯ということもあって、廊下には思いのほか生徒の姿は見当たらなかった。

ほぼ無人の廊下を歩き、一階にある購買部を目指す。

「なんか、誤魔化したり適当なウソをついてばっかだな」

翔平や和久井との会話を思い返し、軽く自己嫌悪に陥る。

悪意や害意を持って隠蔽や虚偽をしているわけではないが、それでも正直者を自認している颯真としては、少々心苦しかった。

「一番隠したいやつにバレちゃったんだから、もうクラスの連中にも言ってしまった方が後々変な誤解されなくていいと思うんだけどな」

とはいえ、みんなには黙っていてくださいと言った彼女の気持ちもわからなくはない。クラスメイトに知られた場合、一騒動起きるのは想像に難くないからだ。なんとかソフトランディングする方法はないだろうか。

そんなことを考えながら二階から一階へ下り立った時、階段の上から名前を呼ばれた。

「颯真さーん」

足を止めて振り仰ぐと、さっきまで女子たちに甲斐甲斐しく身なりを整えてもらっていた千佳が、急ぎ足で階段を下りてくるところだった。

彼女の背後には、ムッツリと不機嫌そうにしている未希がSPのように張り付いている。

「あのあの、今日のお昼ご飯、どうでした？」

一階に下りるや否や、千佳が食い気味に尋ねてきた。

「なんだ、それが聞きたくて追いかけてきたのか」

「だって、とっても気になりますから」

颯真と千佳には、他のクラスメイトには秘密にしている関係があった。

千佳は常人よりも鋭敏な味覚を持っていた。さらに、両親がパティシエ・パティシエールということもあり、洋菓子に関する知識も豊富だった。お菓子の試食をしてもらうには、これ以上ない逸材である。そこで颯真は頼み込み、自分の試食係になってもらった。

千佳も、颯真の頼みを快諾する代わりに、こちらのお願いも聞いてほしいと言ってきた。教室での賑やかなやり取りのように、千佳は周囲から非常に可愛がられる。親も友達も甘やかして、千佳自身が何かしようとしても、全て代わりにやってしまうような有り様だった。それでは自立した大人にはなれないと考えた彼女は、色んなことができるようになりたいと願った。だけど、何かに挑戦しようとする時、怖くなってしまう。勇気がいる。そんな時に側に誰かがいてくれたら心強いからと、颯真に見守り役を頼んできた。

颯真も快諾した結果、試食係と見守り役、ちょっと変わった協力関係が成立することとなった。

今日の昼食もその一環で、千佳の「お弁当を作れるようになりたいから試食してください」という頼みによるものだった。厳密に言えば、『見守る』とは違うが、自分も散々試食してもらっているし、ただボーッと見守っているだけも心苦しいから、こういう協力は喜んでするようにしていた。

「四十点」

「赤点です⁉」

正直に感想を口にすると、想像以上に辛口な採点に千佳がガーンとショックを受けた。

「なんか、全体的に残念だった」

「そんなぁ。朝早く起きて頑張ったのに」

「その努力は認めるけどな」

頑張ったのはわかる。だが、そうだとしても、合格点をあげられるほどのクオリティではなかった。

「ええと、どう言えばいいかな……」

考えながら、ぽつりぽつりと気になった点を挙げていく。

「最初に感じたのは、バターだった。パンに塗ったバターが厚かったと思う」

「野菜の水気をパンに移さないために必要なんですよぅ」

「それにしても塗り過ぎだ。サンドイッチって、パンと具材を食べるものだけど、パンと具材とバターを食べているみたいだった。バターの存在、強過ぎだ」

「そんなぁ」

「あと、野菜の水気をって言ったわりに、レタスが水っぽかった。そのせいでマヨネーズが薄く感じた」

「それは……登校時間までに完成させなくちゃって焦っちゃったのかもしれません」

千佳がしょんぼりしてしまう。ガッカリと肩を落とし、

「サンドイッチって、案外難しいんですね。お母さんのはササッと作って、とってもおいしいんですけど」

「そうやって、サンドイッチを甘く見たのが一番の問題点かもな」

「かもしれません」

ますますしょんぼりしてしまう。

「元気出せよ。この間の弁当はすごくおいしかったし、練習を重ねればそのうち上手にできるって」

「だといいのですが。どうも私、洋食作りが苦手みたいです。和食はそこそこですけど」

「洋食と和食で得手不得手ってあるのか？」

「考え方も作り方も、根本的に違いますから。颯真さんだって、洋菓子と和菓子を同じ扱いにはしないでしょう？」

「そりゃごもっとも」

話しながら、この間のピクニックを思い出す。あの時の弁当箱に入っていたポテトサラダとマリネは洋食にカテゴライズされるメニューだが、それぞれマヨネーズとマリネ液で和える程度のものだ。そして、他のメニューは、和食ばかりだった。

「和食が得意なら、和食を極めるっていうのもありだと思うけど」

　颯真の言葉に千佳は首を横に振り、

「和食の料理人になりたいわけではありませんから。それに、颯真さんも色んな料理を食べられた方がいいでしょう？」

「そりゃまあな」

　和洋中、多種多様な料理を食べられた方がいいに決まっている。

「だったら、和食も頑張ります。颯真さんにおいしいって言っていただきたいですし」

　元気を取り戻した『安らぎの天使』が、ふんわりと笑いかけてきた。

「…………！」

　ちょっとドキリとしてしまった。

　それを気取られたくなくて、ポンポンと頭を叩いて励ましてやる。

「ま、まあ、頑張れよ。試食にはいくらでも付き合うから」

「ありがとうございます！　私、頑張りますね！」

　と、千佳が明るい笑顔を見せながら、健気に頷いた。

「そうだな。お互い頑張ろうぜ」

「そうですね！　――ところで」

笑顔のまま、励ましてやった颯真の手首をガッチリと掴む。

「先ほどの教室でのやり取りは何なんでしょう？」

「は？　さっきのやり取り？」

笑顔の質が段々と変化していく。無邪気で子供っぽいものから、獲物を見据える獣のような微笑みに。

「和久井さんとのやり取りです。お菓子を作る約束をしていませんでしたか？」

掴んだ手首をジワジワと締め上げながら、ゆっくりと顔を近づけてくる。

「したけど……。お、おい、なんか怖いんだけど。もしかして、怒ってる？」

千佳の笑顔に恐怖を抱き、手首を掴まれたままジリジリと後退する。が、あっという間に壁にぶつかり、追い詰められてしまった。

「別に怒ってなんかいませんよ？　ただ、どういう了見なのか、お伺いしたいだけです。颯真さんの試食係は私ですよね？　なのに、どうして和久井さんにお菓子を作るんでしょうか？」

「あの、普通に痛いんだけど……」

細腕のどこにそんな力があるのやら、やたらめったら強い握力でギリギリと絞り上げてくる。

「それどころか、ハロウィンパーティーに誘われていましたよね？　私、随分前におうちでお茶会を開きましょうって言いました。なのに、まだ開いていません。にもかかわらず、和久井さんのハロウィンパーティーには行くんですか？」

「断った！　断ったって！」

全力でそう言わないと、手首を捩じ切られそうな勢いだった。

「断った？　『気が向いたらな』とか言ってませんでした？」

「いやあれは社交辞令っていうか……」

こいつはどうして時々こうなるんだ……！

冷や汗を垂らしながら、苦々しく思う。

いつもは子供っぽく、可愛がられるだけのマスコットのような存在のくせに、時折真逆の一面を見せる。大人びて、からかうことを至上の喜びとする小悪魔のような一面を。

彼女はこのSな一面を、颯真にしか見せない。

颯真とすれば理不尽極まりないが、大方、おちょくりやすいおもちゃとでも思っているのだろう。

ここで怒るなり力ずくで突っ撥ねるなりできればいいのだが、この状態の千佳を前にすると、颯真は動けなくなってしまう。恥ずかしいからやめてほしいと思う反面、悪魔に魅入られたように、いつまでも見ていたいとも思ってしまうのだ。

大人びた彼女は、美しい。

変貌した彼女を前にすると、憧れのお姉さんに出会ってしまった少年みたいに、ドギマギしてしまう。

やめてほしい。だけど、見ていたい。矛盾した自分の気持ちに、いつも困らされている。

動くことができなくなった颯真を見て、千佳がフフッと短く笑った。

「やっぱり、顔を赤くして恥ずかしがる颯真さんって可愛いですね。いつまでも見ていたくなっちゃいます」

そう言いながら、掴んでいた手首を解放してくれる。

ホッとするのも束の間、今度は頬を撫で始めた。やわらかい羽毛で撫でられているみたいで、ゾワゾワしてしまう。

「俺が悪かったたって。だけど、別にお前をないがしろにしようとか、そんなことは全然考えていない。俺にとっての一番は、絶対にお前なんだ」

されるがままになりながら、必死に弁明する。

「本当ですか?」

「ウソなわけないだろ。俺はあの放課後、お前に運命を感じたんだ。お前以上の存在にこれからの人生で出会えるなんて想像もできない。お前を手放しちゃいけないって心の底から思ってる。だから、今までもこれからも、俺の中で一番はお前なんだ！」

鳶色の瞳を見つめながら、懸命に気持ちを吐露する。

本心を理解してもらう以外、この窮地を脱する方法はない。だから、恥も外聞もなく、千佳こそが最高の試食係で、他の人間など足元にも及ばないと懸命に説明した。

すると、颯真の言葉に満足したのか、

「そうですね。そこまで言ってくださるなら、許してあげましょうか。でも、私があなたの一番だってことは、絶対に忘れちゃダメですからね」

「それは、もちろん」

コクコクと一生懸命頷く。

「だったら、許してあげます」

そう言って、ようやく頬を撫でる手を離してくれた。

……やっぱり、こういう時のこいつは、綺麗なんだよな。

形容しがたいゾワゾワから解放されてホッとしつつ、そうも思ってしまった。

「……どいてくれないか？」

購買部に行くという用事を思い出し、壁と千佳に挟まれたまま頼むが、彼女は動こうとしない。

「もう少し、このままではいけませんか？」

「いいわけないだろ。この状態でもめちゃくちゃ恥ずかしいんだけど」

「だからですよ」

「お前、本当にいい性格してるな」

「颯真さんにだけ、ですけどね」

颯真が困った顔をすると、千佳はますます面白がった。

カリカリカリカリ……。

絶望的な気分になっていると、変な音が聞こえてきた。

音がする方へ顔を向けると、今まで一言も発さず二人のやり取りを見守っていた未希が、爪を研ぐ猫のように廊下の白い壁を引っ掻いていた。

「何やってんだ斉藤」

千佳と壁に挟まれたまま、白い目で未希を眺める。

「見てわからない？　叫んだり身悶えしたりしたいところを、みっともないから代わりに壁を引っ掻いているのよ。心理学でいうところの代償行為よ」

「それも充分みっともないぞ。あと、多分それは心理学がどうのっていうような大層なも

のじゃないと思う」

優等生と称されているこの少女、颯真と千佳のやり取りを見て、二人がイチャイチャしまくっていると言うのだ。

どこからどう見ても俺がいじめられているだけだろうが！　と何度も訴えているのだが、彼女は自身の主張を覆そうとはしない。頭いいくせにどこに目を付けてるんだと言いたくなる。

「どうでもいいけど助けろよ。俺と千佳、叫んだり身悶えする以上にみっともない状態だと思わないか？」

「助けるべきなのはわかってるわよ。でも！　今この瞬間にしか摂取できない栄養素があるって気づいてしまったワタシは動けないのよ！」

「斉藤、そろそろお前が何言ってるかわからない」

優等生と呼ばれているが、ひょっとしてこいつ、バカなんじゃなかろうか。半ば本気で思ってしまう。

幸か不幸か、未希と話しているうちに気持ちが落ち着いてきた。

「千佳もいい加減離れろ」

彼女にデコピンしてやる。

「イタッ！　暴力を振るわれましたぁ」

「うるさい。どう考えてもお前が悪い」

おでこを押さえる千佳と距離が取れて、ようやく一息つけた。

「あ、ヤバ。昼休憩が終わってしまう」

スマホで時間を確認すると、昼休憩の時間は残り少なくなっていた。

喉を潤すためにジュースを飲みたい。急いで購買部へ向かおうとする。

が、ふと思い出したことがあって、また足を止めてしまった。

「あ、そうだ。あのさ千佳」

「はい、何でしょうか」

「今度の日曜、俺んちに来ないか？」

その瞬間、時間が止まった。

千佳と未希が、魔法でもかけられたようにピタリと動かなくなる。

……あれ？　なんだ？

おっかない生活指導の教師でもやってきたのかと二人の視線の先を見てみたが、誰もいない。いるのは颯真だけだ。

なんか、おかしなことやらかしたか？

「い、い、市瀬ェェェエエエエ！」

どうして微妙な空気になったんだと首を捻っていると、力任せに魔法を打ち破った未希が胸倉を掴んできた。

「アンタ、ワタシも、ワタシの目の前でよくもまぁ、千佳を家に連れ込もうなんてできるわね！　さすがのワタシも、それは看過できないわよ⁉」

「ハァ？　なんでお前怒ってるんだよ」

「当たり前でしょ！　自分の家で何をする気よ⁉　まさか、お兄ちゃんが押し入れに隠している薄い本に描かれているようなことをするつもりじゃないでしょうね⁉　特に、昔の参考書を上に載せてカモフラージュしているあの本みたいなことを‼」

「な……⁉」

絶句する。

そして、理解した。

このクラスメイトが、とんでもなくピンク色なことを想像していることを。

「俺が千佳にエロいことをするために家に呼ぼうって考えていやがんのか⁉　するわけないだろうが！　俺は、作った菓子の試食をしてもらいたいだけだ！　あと、兄貴の押し入れを勝手に漁るな！　そこは同じ男として気の毒過ぎる！」

胸倉を掴む手を乱暴に振りほどき、思い切り怒鳴ってやった。

颯真も思春期真っただ中の男子高校生だ。そういうことには興味津々だし、千佳の体がエロいなと思うことはある。当然だ。思わない方がどうかしている。

だが、だからといって、彼女に何かしようと思ったことは一度もない。なぜなら、彼女は大切な試食係だからだ。彼女の信頼を裏切りたいとは思わないし、一時の欲望に流されて唯一無二の試食係を失いたいとも思わない。

しかし、未希はこちらの言葉なんて全然信用しておらず、汚らわしいものを見る目で見てくる。

「お菓子の試食ぅ？　もっともらしいけど、そんなのわざわざ家に呼ぶ必要ないじゃない。学校に持ってくればいいだけでしょ」

「そうはいかないんだよ。今度作ろうとしているのは、スフレなんだ」

「スフレ……？」

「知らないなら検索しやがれ」

スフレとは、メレンゲとホワイトソースを混ぜて焼き上げる、フワフワとした食感が楽しい洋菓子だ。颯真も個人的に好きな洋菓子の一つである。

だが、この洋菓子には、大きな欠点があった。

焼き上がってすぐに食べなくてはならないのだ。

スフレのフワフワはしっかりと泡立てた卵白、厳密に言えば、卵白の中に含まれた気泡が熱膨張して膨らんだことで得られるものだ。そのため、時間が経ち、冷めてしまうと、熱で膨らんだ空気がしぼんでしまい、スフレはペシャンコになってしまう。

クラスメイトたちに試食してもらいたいと前々から思っていたが、スフレの命の短さのせいで叶わずにいた。

だが、試食係の千佳ならスフレのために家にまで来てくれるかもしれない。そう思い、家に招待したのだ。

「なるほど、こういうお菓子なのね」

スフレをスマホで検索した未希は、とりあえず納得したようだった。

「わかっただろ。スフレを食べてもらうためには、千佳に来てもらうしかないんだよ」

「アンタが千佳の家に行って作ればいいじゃない。もう両親とは顔合わせしたんでしょ」

「顔合わせって言うな顔合わせって。意味が違ってくる。それに、オーブンっていうのは、それぞれ癖があるんだよ。千佳の家のオーブンは使ったことがないから、癖がわからない。焼き加減がわからなくて失敗してしまう」

「ああ言えばこう言う……！」

未希は苦々しい顔になったが、それ以上何かを言ってこなかった。

黙らせた未希は放っておき、千佳の方へ顔を向ける。

「で、千佳、今度の日曜どうだ？　無理だったり、嫌だったりするなら別にいいけど」

未希が妄想していることをしでかすつもりは微塵もないが、女子が男子の家に遊びに行くのに抵抗を覚えるのも、もっともな話だ。千佳が嫌がるなら、この話はこれっきりにしよう。

だが、ほんのり頬を赤く染めた千佳は、はにかんだ笑顔でコクリと頷いてくれた。

「ええと、はい、私でよければ。喜んで伺わせていただきます」

カリカリカリカリ……。

また未希が、猫のように壁を引っ掻き始めた。

スフレを作るうえで、注意すべき点は二つある。

メレンゲをしっかり泡立てることと、ホワイトソースを作る際にダマを作らないことだ。

前者は、ハンドミキサーを使って角が立つまで卵白を泡立てればいいだけなので、それほど問題はない。

厄介なのは、後者の方だ。

溶かした無塩バターと小麦粉を混ぜ合わせ、それに人肌程度に温めた牛乳を少しずつ入れて混ぜていく。一度に大量に入れてはいけない。そんなことをしたら、あっという間に小麦粉がダマになってしまう。

「少しずつ、焦らず、慎重に……」

自分に言い聞かせながら、片手鍋の中に牛乳を注ぎ、丁寧に木べらでかき回す。

「……よし」

ダマ一つないなめらかなホワイトソースが完成すると、心の底から安堵した。

ホワイトソースとメレンゲを混ぜ合わせたものをスフレカップにそっと注ぎ、予熱しておいたオーブンレンジの中に投入する。

「うまくできてくれるといいんだけど」

——ピンポーン。

オーブンレンジの中でゆっくり膨らんでいくスフレを見つめていると、インターホンのチャイムが鳴った。

「こんにちは、颯真さん。今日はお招きいただき、ありがとうございます」

玄関のドアを開けると、手提げカバンを携えた私服姿の千佳がぺこりと頭を下げてきた。

「いらっしゃい。道に迷わなかったか？」

「この辺は私の家の周辺と違って、道がわかりやすかったので、大丈夫(だいじょうぶ)でした」

「だったらよかった。まあ、上がってくれ」

「はい、お邪魔(じゃま)します」

千佳は勧(すす)めに従い靴(くつ)を脱(ぬ)ぎながら、颯真をじーっと見つめてきた。

「俺がどうかしたか？」

「エプロン姿だなーって」

「菓子を作ってるんだから、当たり前だろ」

言いながら、身に着けている紺色(こんいろ)のエプロンの表面を撫(な)でてみせる。

元々は、服が汚(よご)れたら洗濯(せんたく)が大変だからと着けなさいと母親に命令されて着用し始めたものだが、最近はエプロンを着けないと、どうも集中できないくらいになっていた。颯真にとって、なくてはならないアイテムである。

「千佳の方こそ、この間買った服じゃないんだな」

てっきり、初めての買い物で購入(こうにゅう)したオフショルダーの服で来るものだと思っていた。

すると、千佳はちょっと困り気味の顔になり、

「お母さんに止められたんです。その服では、颯真さんの親御(おやご)さんにどう思われるかわか

らないから、って」

「うちの親？　なんで親が出てくるんだよ」

「さあ……？　なんでも、私の二の舞を踏ませたくないから、ここは絶対にアドバイスに従っておきなさいって。あまりに真剣な顔だったので、言うことを聞くことにしたんです。で、代わりに秋用の服を一人で買ってきたんです」

いかがですか？　と、楚々としたロングスカートの裾をちょっと摘まんでみせた。

「へぇ、一人で買い物に行けたんだ。すごいな」

「といっても、颯真さんに付いて来てもらったあのお店ですけどね。全然知らないお店に一人で飛び込む勇気はまだまだありません」

「それは、まあ、ちょっとわかる」

颯真も初見の店で服を買うのは勇気がいる。特に、最近は通販に頼り切りなので尚更だ。

「あと、言っとくけど、うちの親はいないからな。二人とも休日出勤だ」

「お忙しいんですね。では、ご挨拶はまたいずれ」

「別にいいよ、挨拶なんて。もし会う時があったら、『こんにちはー』ぐらい言っとけば充分だろ」

「これもお母さんに言われたんです。最初の挨拶はきちんとしておきなさいって。さもなければ、絶対に後悔するからって」

「礼儀正しいな、千佳のお母さん」

友達の親にきちんと挨拶しようなんて考えたことはないし、自分の親からそんなアドバイスをもらったこともない。

「私のお母さん、確かに礼儀正しいですけど、これはなんだか違う意味があるような……？」

母親の意図がわからず、娘が腕を組んでうーんと考え始めた時、廊下の奥からスフレの焼き上がりを告げる電子音が聞こえてきた。

「お、焼けたみたいだ。ほら、上がって上がって」

焼き立てを食べてもらうために我が家に呼んだのだ。こんなところで時間を費やしてスフレがしぼんでしまっては残念過ぎる。

「階段を上がってすぐの部屋が俺の部屋だから、そこで待っていてくれ」

「はーい。おじゃましまーす」

初訪問のお客なのだから案内すべきだが、スフレの焼き上がりの方が気になってしまった。一応すまないと謝ってから、キッチンへ戻る。

「うまく焼けていてくれよ～」

エプロン同様長年愛用しているモスグリーン色のキッチンミトンを両手に装着し、オーブンレンジの中から天板を引き出す。

甘いにおいと共に姿を現したスフレは、こんもりと綺麗なドームを形作っていた。とりあえず、見た目は合格だ。

焼き具合はどうだろうと竹串を刺してみる。ゆっくりと引き抜いた竹串には、生の生地がベタッと付着していなかったし、唇に当ててもほのかな温かさが伝わってきた。生焼けの心配もなさそうだ。

「よしよし。あとは味だけだな」

これぱかりは試食係の審査に委ねるしかない。用意しておいたトレイの上にそっと載せ、二階の自室へ向かう。

「お待たせ。冷めないうちに試食を頼む——って、おい」

ドアを開けると、フリフリと動く形のいいお尻が、視界に飛び込んできた。

「おいこら、人のベッドの下にもぐって何をしてやがる」

千佳がベッドの下に頭を突っ込み、ゴソゴソと何かを探しているのだ。狭いところに入りたいのに、お尻がつっかえてしまった猫みたいだった。

「颯真さん、あれはどこですか?」

「『あれ』？　何のことだ？」

千佳、というか、千佳のお尻に尋ね返す。

「卒業アルバムです。卒業アルバム！」

「……ああ」

やっぱりか、と思った。

「どこを探しても見つからないんです！　どこにあるんですか⁉」

「おかしいなー。どこにいったかなー？」

棒読み気味に返事をしながら、千佳のお尻を眺める。改めて見ると、案外大きい。安産型というやつだろうか。

「颯真さんの卒業アルバムを見るのを、楽しみにしていたのにぃ！」

お尻が何やら悔しそうに騒いでいる。

卒業アルバムがどこにあるか、もちろん知っていた。幼・小・中の三冊の卒業アルバムは、両親の寝室の収納ケースに保管されている。どうしてそんなところにあるかといえば、今朝、颯真の手で退避させたからだ。

先日、千佳の部屋に遊びに行った際、彼女の卒業アルバムを見ながら散々いじり倒した。あの時かなり悔しがっていたので、絶対に仕返しをしてくるだろうと容易に予想できた。

むざむざといじられ返されたくはなかったので、見つからないようにあらかじめ隠しておいたのだ。

熱心に探す千佳を見ていると、隠しておいてよかったとつくづく思う。

今回は、俺の勝ちだな。

心の中で密かにガッツポーズを取った。

「ほら、そんなことよりスフレだろ」

いい加減諦めやがれと空いている手で千佳のお尻をパシンと叩く。

「イタァイ！　お尻を叩きましたね⁉」

お尻を両手で押さえながら、千佳がベッドの下から頭を引き抜いた。

「叩きやすそうだったから叩いた」

「セクハラです！　ＤＶです！」

プンプン怒る千佳に構わず、部屋の中央に置いた小さなテーブルの上にスフレを置く。

「許可なく家探ししている奴のケツを叩くぐらいいいだろ。そこにある京都で買った木刀で叩かなかっただけ優しいと思えよ」

「えぇ……。颯真さんって、修学旅行でテンション上がっちゃって木刀を買っちゃうタイプだったんですか……？」

「おいこら、変なところでドン引きするな」

「だって、あんなの買う人がいるなんて、思ってもいなかったですから」

「木刀を買った全国の修学旅行生に謝りやがれ」

まあ、その場のノリで買ったはいいものの、使い道がなくて困っているのは事実だが。

「卒アルも木刀もいいから、スフレの試食をしてくれよ。冷めてしぼんでしまう」

「あ、そうですね。そのために来たんでした。卒業アルバムはまた今度の機会にします」

卒業アルバムに思い切り未練があるようだったが、それでもスフレの前に正座すると、彼女の顔が真剣なものに切り替わった。

「カボチャのスフレですね。甘いいいにおいがします」

「今月はハロウィンがあるからな。ハロウィン系のお菓子を作りたかったんだ」

「季節感を大切にするのはいいことですね」

スプーンを手渡すと、いただきますと小さく呟き、カボチャのスフレにさっくりと差し込んだ。ふんわりとやわらかいスフレが彼女の口へ運ばれていく。

「……そうですね」

味わいながら、中空を見据え、しばし考え込む。

「食感は素晴らしいです。ふわふわで、口の中でさっと泡が溶けるような軽さがあります。

これは評価すべき点です。卵白を丁寧に泡立てた結果だと思います」

「スフレはそこが命だからな」

メレンゲの泡立てには気を使ったので、そこを評してくれたのは素直に嬉しい。

「ですが、それを意識しすぎな気もします。メレンゲの泡を潰さないように気にしすぎたでしょう？　ホワイトソースとメレンゲの混ぜ合わせが充分ではありません。ほら、ここ」

と、スプーンでスフレの断面を指し示す。そこには、オレンジと白のマーブル状の層がくっきりとできていた。

「これでは味や食感にムラができてしまいますし、見た目もよくありません」

「そうか……。確かに、メレンゲを気にしすぎたかもな」

肩を落とすと、千佳はそうですねと相槌を打った。

「スフレはフワフワが命ですから、混ぜすぎて泡を潰すのはご法度です。ですが、混ぜ残しもよくありません。食べる人がこの断面を見たら、ガッカリしてしまいます」

「だよなぁ。でも、加減が難しいんだよ」

「そこは経験でしょうね。お父さんが作っているのを見たことがありますけど、結構大胆に混ぜ合わせていましたよ？」

「そうなのか。次はもっとしっかり混ぜてみるかな」

「それから、味ですが、甘すぎです。口の中に甘さがベタッと張り付いてきます」

「マジで？」

「ご自分で確かめてください」

予想外の指摘に目を丸くすると、千佳がスフレをすくって颯真の口元へ運んできた。

「はい、あーん」

恋人でもなんでもない女子にお菓子を食べさせてもらう。よくよく考えると、とんでもないことだ。未希の前でやった時は、人前でイチャイチャするんじゃないわよ！　と怒られてしまった。

最初のうちは颯真もかなり恥ずかしかった。心臓がドキドキしっぱなしだった。

だが、今となっては、なんだかもう、ごく普通のことになってしまった。

颯真は千佳に食べさせるし、千佳は颯真に食べさせる。だから何？　といった感じだ。

我ながら、慣れとは恐ろしい。

「あーん」

だから、颯真は全然躊躇うことなく差し出されたスプーンを口に入れた。

「……確かに、甘すぎ、かな」

千佳が指摘したように、口内に甘さがいつまでも残留する。スフレは泡を食べているような感覚が大事で、口の中にいつまでも甘さがへばりつくのは決していいことではない。

「ご自分でもそう思うでしょう？」

「おかしいな。レシピ通りの分量で作ったんだけど」

失敗はきちんと反省して、次回につなげなくてはならない。しかし、原因がわからないとどうしようもなかった。

おかしな材料を使ったわけでもないし、勝手なアレンジを加えたわけでもない。作業工程を思い返しても、甘さを引きずるようなミスをした記憶はなかった。

何が悪かったんだろうと首を捻る。

「うーん……」

千佳も、残ったスフレをモグモグと食べながら失敗の原因を考えてくれていたが、やがて、はっと顔を上げた。

「ひょっとして、このスフレのレシピ、この前図書室で読んでいたレシピ本のものじゃないですか？」

「よくわかったな。その通りだ」

エプロンのポケットから、レシピ本をコピーした紙を取り出して見せる。昭和レトロな雰囲気に惹かれて、作ってみたくなったのだ。

「わかりました。原因はそれです」

千佳がポンと手を叩いた。

「は？　このレシピ、欠陥品かよ」

「そうではなくて、古いからです」

「……つまり？」

簡潔過ぎる説明に理解が追い付かない。眉をしかめると、千佳は真面目な顔をして指を二本立てた。

「考えられる原因は二つあります。一つは、あのレシピ本が出版された時代では、この甘さで正解だった、です。味や甘さの好みは時代によって変化します。当時はできるだけ甘いのがよしとされていましたが、今はヘルシー志向ですし、素材を生かすことを重視します。私を含め時代が、砂糖を大量に使ってカボチャの風味を台無しにするのを好まなくなったと考えられます」

「甘さの流行りってことか。考えもしなかった」

「それから、もう一つ考えられるのは、カボチャです」

「カボチャ？　スーパーで買ったごく普通のやつだぞ」

またまた予想外な原因を挙げられてしまった。

「これも時代に因るのですが、昭和と現代では、品種改良や栽培技術の向上のおかげで、カボチャの糖度が相当違っている可能性があります。昔のカボチャはそれほど甘くありませんでしたから、その分砂糖で甘さを補っていました。ですが、今のカボチャは砂糖に頼る必要がないほど甘いんです」

「……それも完全に盲点だった」

説明を聞き、全身で大きく息をつく。

今と昔のカボチャの違いなんて、考えもしなかった。

「昔のレシピを参考にすることは悪いことではありません。ですが、レシピが作られた時代と今では、様々な違いがあることも考慮しなければなりません」

「そうだな。千佳の言う通りだ」

レシピに書かれていることは全部正しいと思い込んでいた。だが、必ずしもそうではないと思い知った。

「あーあ、今日のスフレは色々失敗したな」

評価がいまいちでガッカリしてしまう。だが、今まで考えもしなかったことを知られたのは大きな収穫だった。

よし、今度はもっと上手に作るぞ。

一瞬へコんで、すぐに前を向く。

「近いうちに挑戦し直すから、また試食してくれるか？」

「もちろんです！　今日のスフレよりずっとおいしくなるのを楽しみにしていますね！」

千佳が、次のスフレはおいしいものになると信じて疑わない目でこちらを見てくる。

そんな期待を一身に受けると、やる気が湧いてきた。

うん、次は絶対に喜ぶようなお菓子を食べさせてやろう。

心の底から、そう思った。


「――それでは、次は私がしたいことにお付き合いいただけますか？」

カボチャのスフレの試食が終わると、千佳がそんなことを言い出した。

「え、俺んちでなんかする気か？」

空になったカップを片付けながら驚く。何も聞かされていないのだ。

「また今度にしないか？」

「そういうことを言わないでください。颯真さんにもプラスになることですから」

今日の反省をしたかったので嫌そうな顔をしてみたが、千佳は持ってきた手提げカバンをゴソゴソとやり始めた。

　そして取り出したのは、教科書とノート。

　それが意味することを理解して、またも嫌な顔になってしまう。

「もしかしなくても、勉強しようってことか。中間テストが近いから」

「正解です」

　パチパチと拍手(はくしゅ)されるが、全然嬉しくない。

「勉強というか、正確には、勉強会がしたいんです」

「友達と勉強会を開いたことないのか？」

「あると言えばあるのですが、相手は未希ちゃんなので……」

「……ああ、そういうことか」

　千佳は言葉を濁(にご)らせたが、すぐにわかってしまった。

　未希は、成績学年トップの優秀(ゆうしゅう)な生徒だ。対して千佳は、ごくごく普通の生徒である。

　そんな二人が勉強会を開いたらどうなるか。

　未希が千佳に勉強を教えることはあっても、千佳が未希に勉強を教えることは決してないだろう。

「勉強会じゃなくて、勉強教えられ会になっちゃうんだな」

颯真の言葉に、千佳はコクリと頷いた。

「中学の頃からずっとそうなんです。高校受験の時もそうでした。すごく感謝していますけど、いつまでも未希ちゃんに教わってばかりでは、よくないと思うんです」

「俺からすれば、斉藤にテスト勉強を見てもらえるってすごくありがたいけどな」

はっきり言って、その辺の参考書よりもよほど頼りになる。市瀬なんかお断りと彼女は絶対に言うだろうが、もし面倒を見てもらえるなら、千佳とまとめて一緒に勉強を教えてもらいたい。

だが、千佳ははっきりと首を横に振った。

「これからも、たくさんのテストを受けることになります。いつまでも頼りっぱなしではいけません」

「まあ、な」

「それに、いつも未希ちゃんに勉強を見てもらってテストを受けると、私だけ下駄を履かせてもらっているみたいで、ズルをしている気持ちになっちゃうんです」

「そんなもんかね」

真面目な奴だな、と呆れ半分感心半分に思う。

はっきり言えば、自ら損な方へ行こうとしている。テストの点なんて高ければ高い方がいいのだし、不正やカンニングをしているわけではない。颯真だったら、大いに未希に甘えるだろう。

だが、千佳はそれを良しとしない。

自分の力できちんとテストに臨みたいと考えるのだ。

「千佳らしいと言えば千佳らしいか」

ぬるま湯な現状に甘んじることなく、なりたい自分を目指し、己を律せられるその心の強さは、傍らで見ていて気持ちがいい。

「わかった。つまり、今回のお前のやりたいことは『斉藤の力を借りることなく、中間テストでいい点を取る』ってことだな。俺だったら一方的に教えられるってことはないだろうし、勉強会には都合のいい相手だよな」

「そういうことです。なので、一緒に勉強してくれませんか？」

ぶっちゃけると、全然勉強したくない。ちっともそういう気分ではない。

だが、こちらをウルウルと子犬めいた瞳で見上げてくる千佳を眺めていると、どうにも断りにくかった。仕方ないかとこっそりため息をついてから、

「わかった。それじゃあ勉強するか」

「はい！」

千佳が元気に頷き、颯真も通学カバンから教科書とノートと取り出した時だった。

――ピンポーン。

市瀬家のインターホンがまた鳴った。

「誰か通販でも頼んでたかな？　千佳、先に始めていてくれ」

「はーい」

素直な返事を背中で聞きつつ、玄関へ向かう。

「すみません、お待たせしました――あれ？」

ハンコ片手にサンダルをつっかけて玄関のドアを開けると、そこには配達員ではなく、見知った顔が二人立っていた。

「あ、いたわね」

「颯真、やっほー」

「翔平……と、斉藤？」

ダボッとしたストリート系の恰好（かっこう）をした翔平と、スラッとしたパンツスタイルの未希という対照的な恰好をした二人が、ポカンとするこちらを見ている。学校ではまず見ない組み合わせだ。

「どうしたんだお前ら。俺んちに何か用かよ」

「どうしたもこうしたもないでしょ。アンタが変なことをしないか、見張りに来たのよ」

「斉藤ぉ……」

使う当てがなくなったハンコを握り締めつつ、うんざり顔になってしまう。

「するわけがないだろうが、バカかお前は。俺が菓子をそんなことのダシに使うなんて、あるはずがない」

「わからないわよ。最初はそのつもりでも、千佳の可愛さにやられて、アンタの獣が暴れ出しちゃうかもしれないし」

「ねーよ。マジでない。むしろ、俺が千佳に襲われる可能性の方が高い」

はぁ、と大きなため息をつきつつ、翔平へ視線を移す。

「で、なんで翔平までいるんだ？」

「斉藤さんに、颯真の家まで案内してくれって頼まれたんだ」

と、ちょっと嬉しそうに親友は胸を張った。

すると未希が隣で若干迷惑そうに、

「ワタシは、市瀬の住所を教えてって言ったのよ。案内なんて頼んでないわ」

「いやだって、何度も遊びに来てはいるけど、丁とか番地とか知らないもん。案内するしかないじゃないか」

「マップをスクショして、それに印つけてくれれば充分だったのに」

「それじゃわかりにくいってば」

颯真の家は、複雑な道を通らなければ辿り着けないような場所にはない。実際、初訪問の千佳は迷うことなく来ている。大方、女子と接点が欲しかった翔平が、強引に案内を買って出たのだろう。

「おーい、人んちの前でしょうもない言い合いをするのはやめてくれないか」

「あ、そうね。こんなことしている場合じゃなかったわ。市瀬、家に上がらせてもらうわよ」

「もう、好きにしてくれ」

ここで追い返したら、おかしな誤解をさらに拗らせそうでおっかない。

「ありがとう。じゃあ遠慮なく上がらせてもらうわ。あ、菊池、ここまで案内してくれてありがとう。助かったわ。また明日、学校でね」

「え⁉　ちょっとちょっと！　さすがにそれはひどくない⁉　せっかくの日曜にここまで付き合ったんだよ？」

未希がさっさと玄関のドアを閉めようとすると、翔平がそりゃあんまりだと情けない声を上げながら、ドアにしがみついた。

「どうせ颯真が作ったお菓子を食べるんでしょ？　家の中からいいにおいするしさ。だったら、僕もご相伴に預からせてもらっても罰は当たらないんじゃないかな」

「感想をきっちり言ってくれるなら、俺は全然構わないけど」

「市瀬は黙ってなさい。ワタシが決めることよ」

「ええー……。ここ、俺んちなんだけど……」

颯真を一睨みして黙らせた後、どうしたものかと未希は考え込み始めた。そして、重々しくもったいぶって口を開く。

「菊池、この家に入ったら、アンタはとんでもないものを見ることになるわ。地獄よ。耐えられる自信はある？」

「じ、地獄？」

翔平がビックリする。

「そう、この世の地獄よ。一見天国に見えるかもしれない。でも、真実はそうじゃない。見ている者の心をジワジワと蝕む毒沼のような地獄よ。見続ければ、身悶えし、叫びたくなるかもしれない。壁に頭をぶつけたくなるかもしれない」

「え、何それ。普通に怖いんだけど」

「そんな危険が待ち受けているとわかっていて、アンタはこの家に入る勇気がある？」

「えぇ、親友を守るために、ワタシは行くわ」

「そんな危ない場所だけど、斉藤さんは入るんだよね」

人の家を勝手に地獄呼ばわりしないでもらいたい。

無茶苦茶に言いやがる。

「だ、だったら、僕も入るよ」

未希の脅しを真に受けた翔平が、神妙な顔で頷いた。

「それからもう一つ、これから目の当たりにすることを誰にも言わないこと。誓える？」

「誓える、けど。ええと……もしも、その誓いを破ったらどうなるの？」

「女子たちの間であることないこと言いまくって、アンタの社会的地位を地の底まで叩き落とすわ。高校在学中は、女子とは一言も会話できなくなると思ってちょうだい」

「地獄よりそっちの方が怖いよ!?」

翔平の顔から血の気が引き、本気でビビる。

「ええと、でも、地獄っていうのは気になるなぁ。言わなければ大丈夫なんだよね？」

「それは保証するわ」

「なら、公言しないって誓います。なんだったら、誓約書でも血判状でも何でも書きます」

「結構。その覚悟と誓いを胸に、この地獄の門をくぐりなさい」

「地獄までお供させていただきます！」

しょうもない茶番劇をして、翔平も市瀬家に入った。

「オイコラ斉藤、いくら何でもボロクソに言い過ぎだ」

「なによ、アンタたちのアレは見ている人間には地獄よ。異論は認めないわ」

靴を脱ぐ未希に文句を言ったが、聞く耳を持っていなかった。

「俺たち、おかしなことなんて一切(いっさい)していないだろうが」

「そう思っているのはアンタたちだけよ」

抗議(こうぎ)したが、鼻で笑われるだけだった。

「ったく、勝手に変な妄想するなよな」

とはいえ、未希の言うことも全くわからないわけではない。

千佳は時々距離(きょり)感がぶっ壊(こわ)れて、くっついてくることがある。あれが誤解を生む原因になっているのだろう。少し気を付けた方がいいかもしれない。

もっとも、これから行われるのは真面目な勉強会だ。

千佳がくっついてくるようなことなんて、起きるはずがない。

二人を伴って自室に戻ると、勉強の準備をして待っていた千佳が目を丸くした。

「あれ？　未希ちゃん！　それから……ええと、菊池さん？」

驚いたのは千佳だけでなく、翔平もだった。忙しく颯真と千佳を交互に見ながら、

「え、なにこれ。どうして里見さんが颯真の部屋にいるの？　もしかして、そういう関係？　だとしたら、驚愕どころじゃないんだけど」

「違う違う」

予想通りの勘違いをする親友に、手を振って否定する。

「そういうんじゃないって。あのな――」

と、颯真と千佳の協力関係についてざっくりと説明してやる。

初めのうちはヘンテコな顔をして聞いていた翔平だったが、最後まで説明を聞き終えると、ははぁと声を漏らしながら納得顔になった。

「颯真らしいと言えば、ものすごーく颯真らしいねぇ。それに、最近の颯真は挙動不審だなって思ってたから、納得と言えば納得かな」

「挙動不審って言うな挙動不審って。というかちょっと待て。俺、なんかおかしかったか？」

「いやだって、授業が終わったらコソコソと教室出ているじゃないか。あれは誰が見ても

挙動不審だよ」

「マジか」

絶句しそうになるが、冷静に最近の自分を思い返してみれば、気配を消しながら教室を出るようにしていた。千佳と約束があると、クラスメイトに「一緒に帰ろうぜ！」とか「これからゲーセン行こうよ」と誘われても、断らざるを得ない。それを面倒くさがって、声をかけるなオーラを発していたのだ。

「里見さんの方も斉藤さんと一緒に帰ること減ったなぁって思ってたよ。まあ、こっちは斉藤さんが生徒会で忙しいのかなって思ってたけど」

「アンタ、かなりクラスメイトを観察しているのね。ちょっとキモイわ」

「ええっ⁉　ごくごく普通だと思うけど⁉」

腕を組んだ未希が冷ややかな目で見ると、翔平はちょっとショックを受けたようだった。

「ま、菊池はどうでもいいわ。そんなことより、アンタたち、これから何をするつもりだったの？」

「勉強会です！」

親友の問いかけに、千佳はちょっと得意げに広げたノートの表面をパシパシ叩いてみせた。

「もう少ししたら中間テストじゃないですか。私、今回は颯真さんと一緒に頑張ってみようと思いまして」

「市瀬って成績よかったっけ？」

「得意不得意大きいが、平均したら中の中だ」

理数系は比較的得意だが、苦手な英語や国語がグイグイ足を引っ張り、結果的に平凡な成績で終わることが多い。

「成績普通なら、市瀬と勉強するより、ワタシと勉強した方が効率いいじゃない」

「未希ちゃんは効率よすぎるんです」

優等生が自分を指し示すと、千佳は困ったように顔を曇らせた。

「未希ちゃんに教えられると、ピンポイントで出るところがわかってしまうんです。それだと、なんだかズルしてるっていうか、自分でやった気がしないんです」

「ワタシと一緒に勉強した方がいい点取れるのわかっていても、市瀬と勉強しようっていうのね？」

「はい」

千佳がコクリと頷くと、未希は一瞬泣きそうなほど悲しげに顔をゆがめたが、すぐに気持ちを立て直した。

「わかったわ。だったら、ワタシは見ているだけにする。ワタシがいることなんか忘れて、二人で頑張ってちょうだい」

「はい！　私、頑張りますね！」

「しゃあない。勉強するかぁ」

教科書とノートをテーブルに広げ、勉強の準備をする。

「翔平もテスト勉強するか？」

「遠慮するよ。勉強は夜じゃないとやる気が起きないタイプなんだ」

誘いを即断った翔平は、部屋の中をキョロキョロと見回し、

「斉藤さん、僕らはゲームでもしない？」

勝手知ったる何とやら、持ち主の許可なく、テレビ台からゲーム機を引っ張り出した。

「いいけど、何があるの？　難しいのはやめてよ。ワタシ、お兄ちゃんの付き合いでしか据え置き機は触らないんだから」

「颯真が持ってるゲームって、ＦＰＳとかＴＰＳが多いんだよなぁ。二人ができるのだったら……格ゲーかな」

「女子を格ゲーに誘う？　まあいいけど」

未希は文句を言いながらも、コントローラを握る。

「僕はどのキャラにしようかなぁ。久々だし、本田かな？」

「じゃあ、ワタシはこの強そうなレスラー」

「ザンギは使いにくいよ？」

「攻撃力(こうげきりょく) 高そうじゃない」

「それはそうだけど。一方的になっても、文句言わないでよ」

翔平がちょっと困りながら、対戦が始まった。

颯真はシャーペンを握りながら、翔平の圧勝で終わるな、と密かに思った。

翔平は結構ゲームが得意だ。格闘(かくとう)ゲームに関して言えば、颯真より圧倒的(あっとうてき)にうまい。そんな翔平が操(あやつ)る強キャラと、兄との付き合いでしかゲームしない女子が操る弱キャラでは、結果は火を見るより明らかだ。

ところが、実際に見せられたのは、翔平が操るキャラが何度も脳天から地面に叩きつけられるシーンだった。

「え……？」

『K.O』と表示されるテレビ画面を眺(なが)めながら、翔平が呆然(ぼうぜん)とする。

「ワタシ、スクリューだけは得意なの。これすっごくダメージ大きいじゃない？　二・三発当てたら勝てるから、効率がいいのよ」

「そんな理屈でザンギを極めたの？　意味わかんないんだけど」

コントローラをカチャカチャ言わせながら何でもないように言う未希を、翔平が信じられないものを見るような目で見つめる。

「どうする？　まだやる？」

「当たり前でしょ！　こうなったら手加減抜きだよ。Ｔｉｅｒ１のおじいちゃんでやってやる！」

「返り討ちにしてやるわ」

二人のやり取りを眺めているうちに、ウズウズしてきた。このゲームの持ち主は自分だ。それなのに、自分を差し置いて最強決定戦をやられては、持ち主としての沽券に関わる。

「待て待て待て。俺にもやらせろ」

シャーペンを放り出し、参戦を表明しようとした。

しかし、それを千佳に妨害されてしまった。

「ダメです。颯真さんはこちら」

「いいじゃないか、一回くらい」

「私と勉強会をするって言ったじゃないですか」

「言ったけどさ」

コントローラにそーっと手を伸ばそうとしたが、ぺしりとはたかれてしまった。

「私のやりたいことに付き合ってくれないんですか？」

こちらを見つめてくる目が、ちょっと涙目になり始めている。

それを見て、慌ててシャーペンを握り直した。

「わかったよ。悪かった。勉強するってば」

悪いのは全面的に颯真の方だ。泣かれては後味が悪すぎる。

「まずは古文からしませんか？　一学期にやったところ、だいぶ忘れちゃってますから」

「了解りょーかい」

言われるままに古文の教科書とノートを開き、テスト勉強を開始する。

その傍らで、翔平と未希の対戦はどんどん白熱していく。

「え、その距離から吸い込むの？　エグいんだけど」

「ギリギリね。吸い込みスクリューが気持ちいいから、吸い込める距離を見極められるようにしたの」

「やり込んでるなぁ」

最初のうちは未希が圧倒していたが、勘を取り戻した翔平が少しずつ反撃できるようになり、次第に互角の勝負をするようになっていった。

翔平が連発する飛び技を巧みにくぐり抜け、未希が掴もうとする。そうはさせじと翔平はガードから小キックを連打して引き剥がそうとする。

熱戦だった。

勉強するつもりだった颯真の視線が、だんだん二人の対戦に引き込まれていく。

「颯真さん」

顔が完全に横を向いていると、うんざり気味の千佳にシャーペンで手の甲をつつかれてしまった。

「全然集中できていませんね」

「すまない。その通りだ」

素直に認めて謝ると、千佳はまったくもうと腰に手を当て、

「では、古文だけやりましょう。この問題集の三十一ページと三十二ページを解いたら、休憩ということにします」

「今すぐ休憩にしてくれないのかよ」

「さすがの私でも怒りますよ？」

「……ごめんなさい」

もう一度謝罪し、指定された問題に真面目に取り掛かる。

だが、ものの五分も経たずに引っかかってしまった。

「『本文の内容と一致しないものを次から三つ選べ』……？」

本文と問題文、両方を読み解けば、簡単に解ける問題だ。だが、肝心な読み解きができない。

颯真は元々理系寄りの人間で、文系科目が苦手だ。中でも古文とはとことん相性が悪い。単語の意味が今と昔では違い過ぎて、混乱してしまうのだ。

代表的な例で言うと、『あはれ』。現代日本語では『可哀想』とか『不憫』という意味だ。なのに、古文では『しみじみと趣がある』とか『素晴らしい』という意味になる。かと思えば、現代と同じ『可哀想』という意味になることもある。もうわけがわからない。一つの単語を便利に使い過ぎだろと言いたくなる。

日本語のようで日本語ではない、あやふやな感触がとにかく嫌いだった。

「颯真さん？」

問題集を睨んだまま、ピクとも動かなくなってしまった颯真に気づき、テーブルの向かいでせっせと問題を解いていた千佳が顔を上げた。

「ひょっとして、詰まってます？」

「完全にな」

「どこがわからないんです？　教えてください教えてください」

身を乗り出してくる千佳の目はキラキラと輝いていた。教えられるチャンスが早速巡って来て嬉しいようだ。

「全部」

「ああ……なるほど」

端的すぎる説明に、彼女は納得顔で頷いた。

「これは未希ちゃんの受け売りなんですが、古文の手っ取り早い学習方法は、よく扱われる作品のあらすじを全部頭に叩き込んでしまうことです。内容を知ってさえいれば、テストの時にこまごまとした単語の意味が分からなくても、問題を解くとっかかりはあるわけじゃないですか」

「案外ごり押しだな、学年トップの勉強方法」

豪快に翔平のキャラを投げ飛ばしている未希の方をちらりと見る。

「その勉強方法、わからなくもないけど、なかなか頭に入らないんだよ。古文の作品に全然興味ないから」

古文で扱われる作品の大半は平安時代のものだ。数多の武将が天下統一を目指す戦国時代や、維新志士や新選組が活躍する幕末ならいざ知らず、貴族たちがドロドロした政治や恋愛をやっている平安時代にはどうにも関心を持てない。

菓子のレシピならいくらでも記憶できるが、全く興味ない平安時代の作品は覚えたつもりでも、一晩経てばさっぱり忘れてしまう。

「ダメダメ。そういうの、どうでもいいって思っちゃう」

「人間模様を丁寧に見たら、結構面白いんですけど」

「うーん……」

千佳が唸りながら、未希の方へ目を向ける。だが、格闘ゲームに興じている優等生は、親友の方を見ようともしない。

しばし考えた千佳だったが、やがてポンと手を叩いた。

「そうだ。私が読み聞かせるというのはどうでしょう」

「読み聞かせ?」

「言葉通りです。物事を覚える際に、視覚だけでなく五感を使った方が頭に入りやすいそうですよ。視覚だけでなく、聴覚も使いましょう」

その勉強方法は聞いたことがある。何かを覚える際に、本を黙読して覚えるよりも、音読や筆写するなどして、聴覚や触覚など他の五感も駆使した方が記憶に残りやすいそうだ。小学生が九九を覚える際に何度も書いたり諳んじたりするのは、その最たるものだろう。

「そりゃ、ただ黙読するよりは頭に入るかもだけど」

「ですよね！　やってみましょうやってみましょう！」

自分の思い付きが気に入ったのか、千佳は早速カバンから副読本を取り出し、どの作品を読もうか選び始める。

一方、颯真の方はちょっと気が進まない。隣にくっついて音読するのだろうが、それはかなり恥ずかしい。特に今は、翔平と未希もいるのだ。

「これ、親が子供に絵本を読むのと同じじゃないか。そこまでしたくないって」

「試すだけ試してみましょうよ。こんな学習方法、したことないでしょう？」

「そりゃないけど」

露骨に難色を示したが、自分が発案した学習方法を試したくて仕方がない千佳は止まらない。ウキウキしながらテーブルを回り込んできた。

「お、おい？」

隣に座るものと思いきや、なぜか颯真の背後に回り込んで腰を下ろす。

「読み聞かせなら、こっちの方がいいですよ」

さも当然のように、後ろから抱きしめるように腕を回してくる。母親が赤ちゃんに絵本を読み聞かせる体勢というべきか、バックハグというべきか。

「頭が邪魔で本が見えません。もう少し下にズレてくれませんか？」

本を音読するのに障害となる颯真の頭を手で押さえようとする。

「いやいやいや、シットアップしている途中でストップしたみたいな姿勢になるじゃないか。こんな姿勢をキープできるほど俺の腹筋強くないし。無理だって」

彼女の視界を確保するためには、颯真は相当腰を落とさなければならなかった。腹や腰、背中の筋肉を全力で使わなければならない。とてもではないが、読み聞かせを聞いていられるような姿勢ではなかった。

「私の胸に頭を預ければいいじゃないですか」

「それが無理だって言ってるんだよ！」

千佳の体に寄りかかれば筋肉への負担はなくなる。だが、代わりに女の子の胸に頭を埋めるというとんでもない構図が出来上がってしまう。できるはずがない。

「私は気にしませんから。ほらほら、遠慮なさらず」

読み聞かせの欲に取りつかれた千佳には、何を言っても無駄だった。頭を強引に胸の谷間に押し込められてしまう。

後頭部が、やわらかい感触に包まれる。

「いや、絶対にダメだろこの姿勢！　なんだこのドエロいヘッドレスト！」

どう考えてもこの姿勢はヤバい。

赤面しながら脱出を試みるが、千佳が肩を掴んでそれを許そうとはしない。

「お前、こういう時マジで力強いな！」

「はーい、大人しく一緒にご本を読みましょうねー」

「幼稚園の先生みたいな口調になりやがった！」

いくら抗議しても無駄だった。

楽しくて仕方がない千佳は本を開き、読み聞かせを開始した。

「ではではいきますねー。『竹取物語』」

「よりによってそれかよ！　知ってるから！　さすがの俺もそれのあらすじくらい知ってるから！」

「ですが、今度のテストの範囲に竹取物語は入っていますよ。しっかりと覚えた方がいいと思います」

「他にも出題範囲あるだろうが。源氏物語とか」

「あれは長すぎです。はぁい、始めますねー。『いまはむかし、たけとりの翁といふものありけり。野山にまじりて――』」

「離せ！　こんなことしてまでテストの点を取りたくない！　点よりプライドの方が大事

だ！」

「『――もと光る竹なむ一筋ありける。あやかしがりて、寄りて見るに――』」

「こんなんで、頭に入るわけないだろうが！」

「え、それは大変です。原因を教えてください。対処しますから」

「わかってて聞いてるだろ⁉」

勉強のための読み聞かせなのか、颯真を赤ちゃん代わりにして遊んでいるのか、もはやわからない状態になってしまった。

「二度目のビックリ。なにこれ？」

「言ったでしょ。とんでもないものを見ることになるって」

格闘ゲームに熱中していたはずの翔平と未希は、いつの間にかコントローラを放り出し、くっついてワチャワチャやっている颯真と千佳を見物していた。

「とんでもないものって、颯真と里見さんの二人だけの勉強会のことだと思っていたよ。まさかこんな隠し玉があるとはねぇ。あえてさっきと同じことを聞くよ。二人って付き合ってるの？」

「違うわよ」

「そうとしか見えないんだけど。どう見てもバカップルだよこれ」

「そうなんだけど、違うのよ。でも、ああいうことをしょっちゅうやってるの。すごいでしょ」

「すごいねぇ。あと、斉藤さんの動きにもビックリなんだけど。何それ。見たいの？　見たくないの？」

「ほっといて。ワタシなりのジレンマがあるのよ」

手で自分の顔を覆い隠したり隠さなかったりしながら二人を見ている未希を、翔平が不思議そうに眺めた。

未希たちがそんな会話をしている間、颯真は色んな意味で危険な、やわらか人間チェアから逃げ出そうと試みていたが、このチェアはガッチリ掴んで放そうとしない。

「お前な！　集中できてませんねとか注意していたのは何だったんだよ！　俺より勉強に集中できていないじゃないか！」

「最初はきちんと颯真さんに読み聞かせするつもりだったんですよ？　でも、後ろから抱きしめているうちに、颯真さんがだんだん赤ちゃんみたいに思えてきて、これはいい機会だなって思っちゃいました」

「赤ちゃんってはっきり言いやがった！」

「まだ物語は途中ですよ。ほらほら、これからかぐや姫が五人の皇子に求婚されるんです」

「知ってる！　結婚したくないから五つの宝を持ってこいってムチャぶりするんだろ!?　普通にフればいいのに、めんどくさい女だよなかぐや姫って！」

　にこやかな笑顔で颯真を胸の間に押し込めつつ朗読を続けようとする千佳を眺めながら、翔平がうーんと唸り出した。

「里見さんのあだ名、『安らぎの天使』以外に変更した方がいいかも。斉藤さん、なんかいいのないかな？」

「そんなことより、ワタシのあだ名をなんとかしなさいよ。『万能』はないわ」

「ええっ！　会心の出来だと思っているんだけど」

「菊池、ネーミングセンスゼロね」

「ひどいなぁ。変にひねったり長ったらしいのより、シンプルで短い方が伝わりやすいんだよ。実際、『万能』は短いから、みんなに浸透しているんじゃないか」

「シンプル過ぎよ。『煉獄より生まれ出で、全てを統べるもの』とか『漆黒の刃を携え、刹那の理を切り裂くもの』みたいなのがいいわ」

「それは中二過ぎるよ斉藤さん。僕たち高校生」

「是非とも闇属性なネーミングにしてほしいわ。カッコいいから」

「うん、すっごい中二」

未希たちは未希たちで、颯真たちのことなどそっちのけで、大いにあだ名談義を繰り広げるのだった。

§§§§§§§§§§§§§

ロクに勉強しなかった勉強会が終わると、千佳たちはまた明日学校でと挨拶をして市瀬家を後にした。

「今日は思いがけず楽しかったよ。またこういう機会があったなら、声をかけてほしいな」

そんなことを言って、翔平は足早に帰っていった。

「千佳、ごめんなさい」

上機嫌で帰っていく同級生の姿が見えなくなると、未希が唐突に謝ってきた。

「どうしたんですか、急に」

「菊池に千佳と市瀬のこと知られたの、よくよく考えたらまずかったかもしれない。勝手なことしちゃったわ」

「全然大丈夫ですよ。菊池さんは颯真さんと仲がいいですし、口が軽いようには見えませんから」

実際、千佳は気にしていなかった。

こんなことを言うと未希には申し訳ないが、一番隠しておきたかったのは未希にだ。彼女に知られてしまった以上、千佳と颯真の関係は絶対に秘密にしなければならないものというほどではなくなっている。

まあ、それでも、颯真と秘密の関係を持っているというのは子供じみたワクワクがあり、もう少しこのままがいいかなとも思っていた。

夕暮れの帰り道をゆったりとした足取りで歩いていると、肩を並べて歩く未希が探るような目で見てきた。

「ええと、この間から聞こうと思っていたんだけど……千佳って、市瀬のこと好きなの？」

「もちろんですよ。颯真さんはとってもいい人ですから」

「そうじゃなくて」

即答すると、未希はその答えをかき消すように首を横に振った。

「異性として好きかってことよ」

「それはつまり、颯真さんとお付き合いしたいかどうかってことですか？」

ちょっと意外な質問だった。女子高生二人組だというのに、未希と恋バナをした記憶がない。なので、未希はそういうのに興味がないのだと思い込んでいた。

「うーん、そうですね……」

頬に指を当てながら考え込む。

「わかりません」

「わ、わからない？」

思いがけない回答に目を丸くされてしまった。だが、それが正直な気持ちだった。

「だって私、子供ですから。颯真さんに対する好きが、恋愛の『好き』かどうかなんてわかりません」

颯真のことは好きだ。両親や未希のことも好きだ。そして、それぞれに対して抱く『好き』に差異があることには気づいている。

颯真のことを考えると、胸の奥がくすぐったいというか、微かに疼くものがある。これは他の人たちへの『好き』にはないものだ。

だが、それを言えば、両親に対する『好き』と、未希に対する『好き』だって違う。

千佳は色んな『好き』を持っている。だけど、どれが恋愛に由来する『好き』で、どれが友愛に由来する『好き』かなんて、子供の千佳にはわからない。

「なんだかピンとこないんです、恋愛って」

歩く自分のつま先を見つめながら言う。

「漫画とかドラマで恋してる女の子をたくさん見てきました。でもそれって画面の向こうや二次元での出来事で、自分とは重ならないんです。リアリティがないっていうか、遠い外国での出来事っていうか」

高校生は恋愛をするもの、と誰かが言ったような気がするが、その高校生に自分は含まれていない気がする。なぜなら、自分は子供だから。

千佳の考えを聞いた未希が複雑な表情を浮かべ、言おうか言うまいか迷いつつ、口を開いた。

「だけど、千佳と市瀬ってすごく距離が近いわ。それこそ、恋愛漫画に出てくるカップルがイチャイチャしているみたいに見えるのよ」

「最近の未希ちゃん、颯真さんにそんなことをよく言ってますよね」

「だって、本当にラブコメ漫画みたいなことをやってるんだもの。こんなことを間近で見られるなんて、思ってもみなかったからドキドキビックリしちゃったわ」

「そういうつもりもないんですけど。ああいうことをしたら、颯真さんが恥ずかしがって赤くなって、とっても可愛くなるんです。私、そんな颯真さんを見たくって」

「その理由も、どうなのかしら。ラブコメじゃなくて特殊な漫画になっちゃいそう」

未希がなんとも言えない表情を見せる。

それに対し、千佳は穏やかな微笑みを浮かべた。

「でも、それだけではないんですよ。颯真さんと一緒にいると楽しいですし、教室では絶対に見られないような色んな表情を見せてくれるんです。私は、それを見たいんです」

別に困らせるだけが目的ではない。彼のたくさんの表情を見たいのだ。

怒り顔、笑顔、困り顔、恥じらいの顔、喜びの顔、真剣な顔。

様々な表情を見ると、彼の内側に触れた気がして嬉しくなる。だから、彼に色々したくなってしまう。

「それって――」

未希が何か言いかける。が、結局それは言わないままにした。代わりに、

「……ま、千佳が楽しいなら何よりよ。親友としては、ちょっと寂しいけどね。その代わりと言っては何だけど、二人のやり取りは面白おかしく見物させてもらうわ。本当に、漫画のワンシーンを見ているみたいで楽しいの。それくらいはいいでしょ?」

問いかけに千佳がコクリと頷くと、未希は満足そうに微笑み返し、じゃあねと言って帰っていった。いつもなら、必ず家にまで送ってくれるのに。

夕暮れの街中にぽつんと取り残され、思わず空を見上げる。

薄暗くなり始めた空の中に、少しだけ欠けた白い月が、ぽつんと寂しげに輝いていた。

第二章 夜更けのキャラメル

「颯真さん颯真さん！」

学校が終わり、颯真が帰宅の途に就いていると、まるで飼い主を見つけた子犬のように千佳が小走りで追いかけてきた。

「あのあの、今日行ってみたい場所があるんですけど、お付き合いくださいませんか？ ちょっと遠くなんですけど、面白そうなお店で――」

「悪いけど、今週はパスだ」

息を切らしながらも、嬉々として行きたい場所を語ろうとする千佳の口を、赤信号で立ち止まっていた颯真は手で制した。

「何か用事でもあるんですか？」

「用事っていうか、テスト勉強をする」

中間テストまで、もう一週間を切っていた。机にかじりついて知識を頭の中に叩き込まないといけない時期である。

「今回、テスト範囲が結構広いよな。気合入れて勉強しないと、平均点もヤバいかもって——どうかしたか？」

千佳が信じられないものを見るような目でこちらを見つめていた。

「いえ、だって」

彼女は落としそうになった通学カバンを握り直しつつ、

「颯真さんって、テスト勉強をちゃんとするタイプだったんですね。意外です」

「張っ倒すぞこのヤロウ」

真顔でとんでもなく失礼なことを言い放つ千佳を睨む。

「だってだって、颯真さんっていつもお菓子お菓子って言ってて、全然勉強熱心ではないじゃないですか。この間の勉強会だって集中してなかったですし」

「あの時はまだ早すぎたんだ。あと、あの時の集中力がどうのってお前が言うな」

勉強はするが、好きなわけではない。テストが迫ってこないとやる気なんて起きるはずがなかった。

「全然信じられません」

「一応、真面目な高校生のつもりなんだけどな」

もっとも、普段の自分を思い返すと、そう言われても致し方ない部分もある。千佳が言どない。

う通り、普段の頭の中はお菓子が占領していて、勉強に割り振っている面積なんてほとんどない。

「テスト週間だけはお菓子を封印してきっちり勉強するって決めてるんだよ。テストでそれなりの点を取っておかないと、親が菓子作り禁止とか言い出しかねないからな」

親や教師を黙らせるには、テストでいい点を取るのが手っ取り早くて簡単な方法だ。

「颯真さん、そういうことを気にしてるんですね。親の意見なんか知るかーって好き勝手する人だと思ってました」

「さっきから失礼すぎるぞお前」

「だって、ホントにそう思っているんですもん」

悪気ゼロの表情でそんなことを言ってくる。

俺ってどんな風に思われているんだろうかとちょっと不安になってきた。

「まあ、勉強の優先順位が高くないのは確かだけどな。俺からすれば、勉強するより菓子作ってる方が、絶対に将来のためになるんだから」

「将来、ですか」

「だってそうだろう？　パティシエの仕事に古文が役に立つとは思えない」

「それはまあ、そうでしょうけど……」

と、彼女の顔が置いてけぼりを食らった子供のような寂しげなものになった。

「どうかしたか?」

「私、将来のことなんか全然考えたことがありません。颯真さんとは違うんだなぁ、って。だって高校に入ったばかりですもん。進学するか就職するかだって決めていません」

心細げに、道行く学生たちを眺める。

「みんなそんなものじゃないか? 俺だってどうなるかわからないし」

颯真の進路で決まっているのは『パティシエになる』だけだ。具体性なんて何もない。

慰めてみたが、千佳の浮かない表情は全然晴れなかった。

「こういう時、自分が子供だなってつくづく思い知らされます。親や友達に甘やかされるばかりは嫌だ、ちゃんとした大人になりたいとか口では言っているのに、その実、大人になった自分を全然考えていなくて。情けないです」

「これからやりたいことを探せばいいだけだろ」

「それは、そうでしょうけど」

自分と颯真の差を見せつけられて、千佳はすっかり落ち込んでしまった。

「将来の目標って、どうすれば見つけられるんでしょうか?」

その質問は、颯真を激しく困らせるものだった。

パティシエという夢は、探して見つけたわけではない。向こうの方から勝手に転がってきたものだ。だから、将来の目標の探し方なんて全然知らない。

どんなアドバイスをすればいいのかわからない。どんな言葉をかければ励ましになるのかもわからない。

「えーと、その、な」

とっくに青に変わっている歩行者用の信号機を見据えながら、言葉を探す。

「千佳が将来の目標を見つけられるかわからないし、俺はその手助けはできない。そういうのって自分で見つけるしかないものだからな。俺が見つけて千佳に渡しても、単なる押し付けだ」

「……そうですね」

まるで叱られているみたいに千佳がしょんぼりする。

「だから、俺は力になれないし、アドバイスもできない」

「……はい」

ますますしょんぼりする。

「でも、応援することはできる。お前が目標を見つけるまで、ずっと側で応援してやるよ」

「応援……？」

颯真の言葉を反芻（はんすう）しながら、千佳が顔を上げた。

「颯真さんの役割は『私がやりたいことに挑戦（ちょうせん）する時に見守る』です。『将来の目標を見つけるまで応援する』というのは、ちょっと違うような気がします」

「細かいこと言うなよ。今だって『見守る』だけじゃなくて試食したり手伝ったりしてるじゃないか。どうしても気になるなら、協力の約束に追加してもいいし」

「でも、それでは颯真さんがすることが二つになってしまいます。私は試食すること一つだけで、颯真さんがやることが増えるのは対等とは言えません」

「だから、細かいこと言うなよ」

深く考えて言ったことではない。千佳が元気になればいいと思っただけだ。

「俺は千佳を応援したくなった。だから応援する。それでいいじゃないか」

そう言うと、千佳はしばしこちらの顔を眺めた後、フフッと笑った。

「不思議ですね。颯真さんが応援してくれるなら、何とかなりそうって思っちゃいました」

「お前が単純なんだろ」

まっすぐ見つめられて、恥ずかしくなってきた。

照れ隠しに憎（にく）まれ口（ぐち）を叩（たた）くと、千佳は一歩距離（きょり）を詰めてくる。

「ですが、そんなこと軽々しく言っちゃっていいんですか?」

今の今まで意気消沈していたのに、いつの間にかその瞳は妖しく輝き、口元にはいたずら心たっぷりの微笑みが浮かんでいた。

「もしも私が将来の目標を見つけられなかったらどうするんです？　私をずっと応援してくれるんですか？」

人が慰めてやってるのに、こいつは……！

元気を取り戻したのは喜ばしいが、こういう元気は嬉しくない。

いいようにやられてたまるかと懸命に考え、そして言ってやった。

「その時は、ずっと側にいてやるよ。目標を見つけるまで、どんだけ嫌がろうがつきまとってやる」

驚くか気味悪がると思った。クラスメイトがニヤリと笑いながらこんなことを言ったら、普通はそういう反応を示すはずだ。

だが、千佳の反応は颯真の予想とは全く異なっていた。

ますます嬉しそうに笑ったのだ。

そして、頬に触れてくる。

秋風に晒されて冷えたのだろうか。千佳の手は思いのほか冷たかった。ひやりとした手が颯真の体温をどんどん吸い取っていく。

人も車も多く往来している夕暮れの横断歩道の前だ。この二人は何をしているんだろうと周囲の人たちがジロジロと見ていく。

だが、千佳はそんなことまるで意に介さない。ゆっくりと颯真の頬を撫で回し続ける。

「もし目標が見つからなくても、颯真さんがずっと側にいてくれるなら、それはそれでいいかもしれません」

青信号が、チカチカと点滅し始めた。

「約束しましたからね。忘れちゃ、ダメですよ」

念を押すように言ってから頬から手を離し、横断歩道を渡っていった。

自分も横断歩道を渡らなければならないことも忘れ、呆然と見送ってしまう。

「なんか、とんでもない約束をしちゃったか……?」

小さくなっていく千佳の後ろ姿を眺めながら、そんなことを呟くのだった。

テスト週間になると、なんとなく教室の空気がソワソワと落ち着かなくなるものだ。

普段は全然勉強しないような奴でも、単語帳をめくったりスマホで数学の講義の動画を見たりするようになる。

だが、颯真たちが所属する一年四組の生徒たちは、表面上は変化なかった。

「ねえ千佳、このハンバーグすっごくおいしいのよ。食べてちょうだい」

「ズルい未希！　さっきも卵焼き食べさせてたじゃない」

「千佳を餌付けしたいのは、あんただけじゃないんだからね！」

「あのあの、さすがに全部は食べられませんよぅ」

千佳たちは相変わらずだし、颯真も昼休憩にまで勉強しようとは思わない。

いつものようにコンビニで買った焼きそばパンをかじっていると、弁当を食べている翔平がルーズリーフを見せてきた。

「なんだこれ？」

「斉藤さんに依頼された新しいあだ名。どれがいいと思う？　個人的には、『万象全テガヒレ伏ス漆黒ノ女神』なんかがいいと思うんだけど。感想を聞かせてよ」

「長い。『万能』のままでいいんじゃないか？」

全くもってどうでもいいので適当に言うと、翔平は嬉しそうにパッと顔を輝かせた。

「颯真もそう思う？　実は僕もそう思ってるんだよねー。斉藤さんに言われて、それっぽいのを考えてみたんだけど、いまいちしっくりこないんだ。斉藤さんには、『万能』のよさをプレゼンする方がいいかな？」

「あいつ相手にディベートしても勝てるとは思えないけどな。あと、翔平って『天使』とか『女神』とか好きだな。そういう強い言葉使いまくると、安っぽくなるぞ」

「イメージしやすくていいじゃない」

「安易だよ。翔平、ネーミングセンスないんじゃないか？」

「ネーミングセンスないって颯真にも言われた⁉」

授業中にせっせと書いたらしいあだ名候補がズラリと列挙されているルーズリーフを突っ返し、女子たちとワアキャアしながら昼食を食べている千佳に視線を戻す。

テスト週間になっても特段変化はない。クラスはいつも通りだ。

颯真も菓子作りは封印しているが、スマホでレシピを探す日課は変わらず行っている。

変わったことと言えば、千佳と接する機会がなくなったことだろうか。

先日テスト週間は勉強すると宣言して以降、彼女と話すことがパッタリとなくなってしまった。

これには自分でも驚いた。正直、ここまで話さなくなるとは思ってもみなかった。

この一ヵ月、一番言葉を交わした人間は千佳だったと断言できる。両親よりも、翔平よりも、他の友達よりも、話し、共に時間を過ごしたのは彼女だった。

それが、こんなにあっさりとゼロになるなんて。

急に動きが止まった颯真を訝しんだ翔平が、顔を覗き込んできた。

「颯真、どうかした？」

「いや、なんでもない」

焼きそばパンを口の中に押し込み、新たにツナマヨパンの包装を乱暴に破く。

別におかしなことではない。千佳と会話をしないのは当然のことだ。

元々、お互いの目的のために協力し合う関係である。

颯真はお菓子を試食してもらうために。

千佳は何かを挑戦する際に見守ってもらうために。

その関係がなくなれば、二人が一緒にいる理由なんてない。

だから、一ヵ月前の状態に戻っただけだ。

そう、おかしなことなんて何もない。

「……このツナマヨパン、ハズレだな」

パサパサしていて、全然おいしくない。購買部の総菜パンといい勝負だ。

食が進まなかったのは、そのせいだろう。

その日の夜遅く、颯真が数学の問題を解いていると、机の隅に置いておいたスマホが唐突に鳴り始めた。

「人が勉強している時に……！」

集中を阻害されて不機嫌になりつつ画面を見ると、千佳の名前が表示されていた。

「千佳……？」

思いがけない名前だった。不機嫌が引っ込み、驚きの表情になる。

彼女とスマホで通話した記憶はない。いつもメッセージで済ませている。

何の用だろう？

ちょっと考えてみたが、想像もできなかった。

予想を諦め通話ボタンをスライドさせると、スピーカーモードにしたスマホから、やや緊張気味の千佳の声が聞こえてきた。

『夜分失礼いたします。里見千佳と申します。こちら、市瀬颯真さんのお電話で間違いないでしょうか』

なんだか、ずいぶん久しぶりに彼女の声を聞いた気がする。毎日教室で女子たちと騒いでいるのを見ているのだから、そんなはずはないのだが。

「どうかしたか？」

『今、お時間大丈夫ですか？』

「別にいいけど」

返事しながら、シャーペンを机の上にポイと放り出す。

『実は、数学でどうしてもわからないところがありまして。数Ⅰの八十四ページの式なんですけど――』

と、質問してきたところは、ちょうど勉強していたところだった。

「ああ、そこか」

できるだけ噛み砕いて説明すると、千佳は、うん、うん、と相槌を打ちながら熱心に耳を傾けてくれた。

「説明下手でスマン。理解できたか？」

『いえ、よくわかりました。ありがとうございます。とっても助かりました。夜遅くに電話するの迷惑かなって思ったんですけど、一人だといつまでも解けなさそうだったので』

「そういうこと、よくあるよな。気にすんな」

颯真なんて、英語と古文でしょっちゅうある。

『いつもなら未希ちゃんに聞くんですけど、今回は未希ちゃんに頼らないって決めていますから』

「そういや、この間の勉強会でそんなこと言ってたな」

『いい点を取るのももちろんですが、今回のテストはそれも私の目標なんです。もっとも、未希ちゃんの代わりに颯真さんに頼っているんですから、本末転倒もいいところなんですけど』

スピーカーから聞こえる千佳の声に、やや自嘲の色が含まれた。

「別にこれくらいはいいと思うけど。一方的に頼るだけじゃなく、千佳も助ければお互い様になるし」

『それは、まあ、そうでしょうけど』

「ってことで、ちょうどいい。俺もわからないところがあるんだ。教えてくれ」

『え？　あ、はい。どうぞ』

渡りに船と、理解できなくて先程放り出した英語の構文について、いくつか尋ねた。

逆に質問されるとは思ってもみなかった千佳は面食らいつつも、丁寧に教えてくれた。

『そこですか。ちょっと言い回しがややこしいんですよね。その構文の意味は――』

試食の時も度々感じていたが、彼女の説明はとても理解しやすかった。

「なるほどな。助かった。サンキューな」

『いえ、こちらこそ』

と言ったきり、電話の向こうでしばしの沈黙。

「どうかしたか？」

『人に教えるって、こういう感じなんだと思いまして』

千佳がポツンと、独白めいた感想を漏らした。

『私、勉強を人に教えるって生まれて初めてしました。人の役に立ててるって実感がすごくします』

「大袈裟だな」

一笑に付したが、スピーカーから聞こえてくる千佳の声はあくまで真剣だった。

『人にお世話されるばかりよりも、誰かの為に何かをするってやっぱりいいです。こういう風に教えてもらって、教えてあげて、そういう関係の方が』

「まあな」

一方的に施しを受けるばかりでは、心が窮屈になってしまう。

『やりたいことに挑戦するの、テスト明けまで中断するはずだったのに、できちゃいました』

千佳の声が、少し弾んだ。

『…………』

通話は終わりかと思いきや、電話を切ろうとしない。

こちらから切るべきか、とスマホに手を伸ばしかけると、また彼女の声が聞こえてきた。

『ここ一週間、颯真さんとほとんどお話することなかったじゃないですか』

「テスト週間だからな」

自分で言うのもなんだが、この一週間は勤勉な学生をやっていた。

『ちょっとビックリしました』

「ビックリ?」

『こんなにお話しなくなるんだ、って。ここ最近の私、未希ちゃんの次に、いえ、ひょっとしたら未希ちゃん以上に颯真さんとお話していたと思います。それなのに、こんなにあっさりとゼロになっちゃうなんて。私たちの関係って、こんなものだったんだって思い知らされました』

「……………」

思わず沈黙してしまう。昼休憩に颯真が考えたことをそのままなぞっているみたいで、なんて返せばいいのかわからない。

『別におかしなことじゃないですよね。私たち、お互いの目的のためにフォローし合う関係なんですから。そのやりたいことが中止になったら、お話する機会が減っちゃうのは当然のことです』

「……まあな」

無理矢理相槌を絞り出す。

『そう。そうなんです。これが普通なんです。なのに――』

と、千佳の声が一瞬途切れる。

そして、決して大きくはないが、はっきり聞こえる声で彼女は言った。

『――寂しかったです』

ストレートな言葉に、颯真の心臓がドクンと跳ねた。

『颯真さん？』

「な、なんでもない」

上擦りそうになる声をどうにか抑え込む。電話でよかった。そうでなければ、きっと気づかれていただろうから。

『ねぇねぇ、少しお話しませんか』

「勉強はいいのかよ」

『休憩時間ってことで。この間の勉強会だって、すぐに休憩に入ったじゃないですか』

それを言われると、何も言い返せない。

「じゃあ、ちょっとだけな」

『やったー！』

スマホの向こうではしゃぐ千佳が目に浮かぶ。

『勉強の休憩時間って何をしてるんですか？　私はだいたいぬいぐるみで遊んでます。最近はクマのぬいぐるみがお気に入りなんです。ぎゅーって抱きしめたりしています』

「高校生でぬいぐるみ遊びかよ」

「いけませんか？」

「いけないってことはないけどさ」

子供っぽいが、千佳らしいと言えば千佳らしい。

「俺はだいたいゲームだな」

『意外です。お菓子のレシピを眺めてるって思ってました』

「それもしないわけじゃないけど、レシピを見てると色々考えて頭疲れるから、できるだけしないようにしてる。トリガー引くだけのゲームだったら、頭使わなくていいだろ」

『この間やったスマホゲームみたいなのですね。実はあのゲーム、ちょこちょこ練習しているんですよ。ランクも五十くらいになりました。今度、対戦してみませんか？』

「自称中級者が調子に乗ってるな。ボコボコにしてやるから、覚悟しておけ」

『いいですよー。その代わり、負けたら罰ゲームですからね。何してもらおうかなー』

「千佳の罰ゲーム、エグそうで怖いんだけど」

『そんなことないですよ。ただちょっと、一生私に逆らえなくなるような弱みを握らせてもらうだけですから』

「ゲームの勝敗に、一生を左右するもの賭けたくないんだが」

顔をしかめると、スピーカーの向こうから楽しげなクスクス笑いが聞こえてきた。

『冗談ですよ冗談。そんなものなくても、颯真さんをコントロールできる自信はありますから』

「笑えねー冗談だ」

『冗談ではありませんから』

「頼むから、そこは冗談だって言ってくれ」

くだらない、あまりにもどうでもいい会話。話の内容に実も益もない。一週間後には、どんなことを話したか忘れてしまうだろう。

だが、このどうでもよさが心地よかった。

『そういえば、颯真さんは勉強中にお夜食とか食べます？　以前はお母さんが作ってくれてたんですけど、今度から作らないって言われちゃって。自分で作らないといけないんですけど、何を作ればいいのかわからなくて困ってるんです』

「作らないけど、作り置きはしてるな」

机の隅に置いてあるガラス瓶を手に取り、カラカラと振ってみせる。

『なんですか、この音』

「キャラメル」

勉強すると、脳が糖分を欲する。なので、自作したキャラメルを常備していた。

ついでだからとキャラメルを一つ口の中に放り込む。優しい甘さが口の中に広がった。

『ひょっとして、キャラメル食べてます？』

「うん、甘い」

『ズルいです！　私にも食べさせてください！　キャラメルくれないと、いたずらしちゃいます！』

「急にハロウィンぽいことを言い出すんじゃない。電話越しなんだから無理に決まってるだろ」

『ということは、いたずら確定ですね』

「理不尽すぎる！」

中間テストが終わったら、キャラメルを山ほど作らないといけないかもしれない。

『くしゅん』

三十分も雑談を続けた頃だろうか、可愛らしいくしゃみが聞こえてきた。

「大丈夫か？　風邪だけは引くなよ。風邪引くくらいなら、勉強やめて寝た方が絶対にいい点取れるからな」

中学時代、勉強しすぎて体調を崩して大熱を出してしまったことがある。三十九度の熱なんかがあれば、頭がまともに動くはずがない。それまで必死に勉強していたが、散々な結果に終わってしまった。

『いえ、大丈夫です。ちょっと体が冷えちゃっただけで。もう十月ですし、パジャマだけだとさすがに寒かったみたいです』

何かを羽織っているのか、ゴソゴソと衣擦れの音が聞こえた。

「パジャマで勉強しているのかよ」

『眠くなるギリギリまで勉強して、眠くなったらそのままベッドにバタンってできるかなーって。笑わないでくださいよ？　お母さんにはだらしがないって呆れられたんですから』

「笑わないって。俺も全く同じ理由でパジャマで勉強しているからな」

夜遅くまで勉強していたら、当然眠くなる。睡魔に襲われてからパジャマに着替えるのはなかなかの苦行だ。だったら、先に着替えておけばいいじゃないかと考えたのだ。

『颯真さんもですか。こんなこと考えるの、私だけだと思っていたんですけど』

仲間がいると知って、千佳がちょっと嬉しそうな声を上げた。

「どうだろな。結構やってる奴いそうけど」

だらしないと言えばだらしないが、合理的と言えば合理的だ。

『ふぅん、今、颯真さん、パジャマ姿なんですね……』

千佳が、ゆっくりと噛み締めるように呟く。

「それはお互い様だろ」

『それは、そうなんですけど』

スピーカーから不気味な沈黙が聞こえてくる。

嫌な予感がしてきた。

付き合いは短いが、こういう時の彼女はロクでもないことを考えている。

果たして、颯真のその予感は的中してしまう。

『ねぇねぇ颯真さん、パジャマ姿の自撮り写真を送ってくれませんか？』

「はぁっ⁉　自撮り⁉」

唐突でとんでもないお願いに、思わず声が裏返る。

『はい、自撮りです。パジャマ姿の颯真さんが見たいです。写真をください』

「バッカじゃねーの！　バカじゃないか⁉　そんなハズイこと、するわけがないだろうが！」

夜遅くだというのに、顔を真っ赤にして思い切り怒鳴ってしまった。

『他の人のパジャマ姿って見る機会ないじゃないですか。お泊り会で未希ちゃんのを見たくらいかなぁ』

「当たり前だろうが。パジャマ姿なんて誰かに見せるもんじゃないんだよ」

『女の子のパジャマは自分のを買う時に通販サイトとかお店で見たことありますけど、男の子のパジャマって見たことありません。なので、颯真さんのを見せてください！』

「そんなに見たいならネットで検索しろよ。いくらでも出てくるぞ」

『嫌です。私は今、颯真さんのパジャマ姿を見たいんです。見たくなりました。だから見せてください』

「無茶苦茶言いやがるなコイツ」

『いいじゃないですか、減るもんじゃないですし』

「俺のメンタルがガリガリ削れる」

女の子にパジャマ姿を見せるという行為は、なんというか、ものすごく倫理的にギリギリな気がする。下着姿や裸を見せる一歩手前のような、そんな背徳感を覚えてしまう。

よくないよくない。これは絶対によろしくない。

パジャマ姿を自撮りして、送信する自分を想像しただけで、もうダメだった。顔から湯気が出るほど恥ずかしい。

『私に見られるの、恥ずかしいです?』

思い描いた自分の姿にのたうち回りそうになっていると、心の中を見透かすようなことを言ってきた。大人びた、からかいめいた口調で。

「逆に恥ずかしくない奴いるなら会ってみたいっての。なんで千佳にパジャマ姿を見せなくちゃいけないいんだよ」

『パジャマ姿くらい、いいじゃないですか』

「『くらい』なんて軽いもんじゃないだろーが」

『フフフッ』

苦虫を噛み潰しながら言ってやったが、心底楽しそうな笑い声しか返ってこなかった。

「これでもかってくらい面白がってやがるなこのヤロウ」

まさか、電話越しでもおちょくられるとは思ってもみなかった。

こちらを恥ずかしがらせようとする千佳の執念には脱帽してしまう。

だが、しかし、だ。

千佳の無茶苦茶なお願いは、あくまで電話越しでのことだ。通話を切れば、それで終わりである。

「しょうもないこと言ってないで、そろそろ勉強に戻るぞ。休憩時間にしては長すぎだ」

キャラメルをもう一つ口に放り込み、無理矢理気持ちを落ち着かせた。

『あ、ホントですね。でもでも、颯真さんのパジャマ姿を――』

「切るぞー」

千佳がまだ粘ろうとしたが、問答無用に通話を終了する。

部屋の中が一気に静かになった。

「ったく、とんでもないことを思いつきやがって」

バッテリーがだいぶ減ってしまったスマホを軽く睨む。

側にいないのに、こちらを恥ずかしがらせるのだから、千佳のＳっぷりもすさまじい。

「今度家に来たら、絶対にパジャマ姿を撮らせてくださいって言い出すな、あいつ」

当分、スフレなどの焼き立てを食べるお菓子を作るのは止めておこう。

心に誓い、放り出していた数学の問題を解き始める。

「八十点以上取れたらいいんだけどな」

不得意の古文が足を引っ張るのは確定的だから、得意な理数系でなんとか平均点を押し上げたい。

カリカリ、とシャーペンの先がノートを引っ掻く音だけが部屋を満たす。

目の前にある二次関数を解くことのみに集中し、他のことは一切考えなくなる。お菓子のことも、千佳のことも。

カリカリカリ。カリカリカリカリ。

どれほど時間が経っただろうか。時間の感覚が失われ、それが勉強を再開して何分後のことだったのかわからない。

前触れなく、ピロン♪　とスマホが鳴った。

「ん……？」

せっかく集中し始めたところを再び妨害されて、思わず顔をしかめてしまう。

スマホの画面を見ると、『里見千佳が写真を送信しました』と表示されている。

「これは……」

先ほどと同様に、いや、それ以上に嫌な予感がする。

この写真は見てはならない。

動物的本能がバシバシと警告してくる。だが、それ以上に見てみたいという欲求も生まれてしまう。

危機感と欲望がせめぎ合い、手が空中でフリーズしたが、やがてゆっくりとスマホに向かって伸びていった。

画面をタップすると、一枚の写真が表示された。

「あ、あのバカ……！」

思わず、そんな言葉が漏れてしまう。

千佳が送信してきたのは、パジャマを着た彼女自身の写真だった。

おそらくたった今撮ったばかりなのだろう。見覚えのある部屋を背景に、ピンク色の可愛らしいパジャマに身を包んだ彼女が楽しそうに、ちょっと恥ずかしそうに、レンズに向かってピースサインをしていた。

実によろしくないことに、やや上から撮影している。

上目遣いをしていてなかなか可愛いと思うのだが、無防備な胸元が、谷間どころかかなり奥まで映り込んでいた。

これ、パジャマの下に何も着けていないだろ……！

女性らしい丸みを帯びた稜線が、かなり大胆に見えてしまっている。

非常によくない。絶対によろしくない。

この写真は、クラスの男子に送ってはいけないものだ。それどころか、この世に存在してはならないものだ。

そのことを、あの無邪気な小悪魔は理解しているのだろうか。

「これをどうしろって言うんだよ、あのバカは」

しばらく待ってみたが、メッセージもなければ通話コールもなかった。ポンと自撮り写真を一枚送ってきただけ。

だが、だからこそ、この写真が雄弁に語ってくる。

私は送ったんですから、颯真さんも送ってくれますよね？　と。

「きったない真似しやがって……！」

これはズルい。卑怯だ。姑息にも程がある。

こんな写真を一方的にもらうだけなんて、颯真にはできない。そういう性格だ。それを看破したうえで、送り付けている。自撮りください自撮りくださいと繰り返すよりも、よほどこちらの方が効果的だ。

「どうすればいい……？」

スマホの中の千佳を眺めながら、懊悩する。

この写真を保存しますか？
保存

彼女の目論見がわかったうえで、どうすべきか。

多分、バカなことをしやがってと写真データを消去し、さっさと勉強に戻るのが正解だろう。おかしなリクエストに付き合う必然性などどこにもない。

「そう、そうなんだよな。テスト勉強すべきなんだよな」

自分に言い聞かせ、シャーペンを握ろうとする。

だけど、スマホの中の千佳から目を離せない。

こちらを見てくる彼女は可愛くて、扇情的で、ものすごくドキドキしてしまう。こちらを誘うような妖しい笑顔を見ていると、どうしてもシャーペンを握れない。

「あーもー！　千佳のやつめ！」

中間テストの結果が悪かったら、全部千佳のせいにしてしまおう。

§§§§§§§§§§§§§§

写真を送った後、千佳は一応テスト勉強をしていた。

今度の中間テストでは、未希というジョーカーに頼ることを禁じている。いつも以上に頑張らないと平均点も危ういかもしれない。

だが、実際のところ、数学Ⅰの教科書を眺めていても、その内容は全然頭に入ってこなかった。

「どうするかなどうするかな颯真さん」

頭の中は颯真のことでいっぱいだった。

数式をちょっと解いてはスマホを見て、数式をちょっと解いてはスマホを見る。それを繰り返し続けている。勉強が進むはずがなかった。

彼に パジャマ姿の自撮りを送ったのは、やり過ぎかなと思わなくもない。

男の子に隙のある自分の写真を送るなんてよくないことだ。千佳だって、それくらいのことは知っている。

でも、自撮り写真を送ってしまった。

変なことに使われてしまうかもしれない。ネットに流出してしまうかもしれない。そういう危険を孕んだ行為をしてしまった。両親や未希に知られたら、こっぴどく怒られてしまうだろう。

だけど、颯真はそんなことは絶対にしないと確信している。だから、後悔や不安は一切ない。むしろ、夜の自分を知ってもらえて嬉しいくらいだ。

「颯真さん、写真送ってくれるかな？」

これに関してはどうなるかわからなかった。一方的に送ったから、送ってくれなくても仕方がない。

だけど、送ってきてほしい。

パジャマ姿の颯真を見たくて見たくてたまらない。

「カッコいいのかなぁ。可愛いのかなぁ。それとも、だらしないのかな」

想像するだけでも胸が弾む。

来るかな？　来ないかな？　来るかな？　来ないかな？

勉強するふりを続けながら、来るかどうかわからない写真をソワソワと待ち続けた。

――ピロン♪

「きました！」

通知音が聞こえた瞬間、椅子に座ったまま飛び跳ねてしまった。

ワクワクしすぎてちょっと震える指で、スマホを操作する。

パジャマ姿の颯真が、表示された。

「撮ってくれたんだ……！」

紺色のパジャマを着た彼が、ぶすっとふてくされた子供みたいな表情で自分にレンズを向けている。目線は横を向いているし、ピースもしていない。渋々撮ってやったんだぞ、というのが写真全体から伝わってくる。

　だけど、撮ってくれた。

「可愛いなぁ」

　不機嫌な顔をしつつ、耳まで真っ赤にしている。恥ずかしくて仕方がないのが、ありありとわかる。

　にもかかわらず、千佳のわがままに付き合って撮ってくれた。それがたまらなく可愛い。

「いいなぁ。颯真さん、いいなぁ」

　何がどういいのか自分でもよくわかっていないが、そう思わずにはいられない。

　千佳は勉強することを忘れ、一晩中颯真の写真を眺め続けた。

　自撮り写真を送って、自撮り写真を送ってもらう。

　多分、これは悪いこと。

　誰かに知られたら怒られてしまう。

　だから、この写真は、千佳と颯真だけの秘密。

第三章 ポニーテールとプロテインバー

中間テストが終わった。

「あー終わった終わった」

さっさと帰路に就いている颯真は、解放感を満喫していた。

手応えはさておき、テストが終了したという事実は、それだけで心を軽くしてくれる。

同じタイミングで学校を飛び出した生徒たちもみんな、安心したというか晴れ晴れとした顔をしていた。名前も学年も知らないが、お互いお疲れさまと声をかけたくなる。

「今日は早く帰るかー」

翔平たちと遊ぼうかと少しは考えたが、やはりまっすぐ帰宅することにした。テスト期間中、ずっと封印していたお菓子作りを思う存分したかった。

今日は何を作ろう？

いつもは練習や勉強のためという意味合いが強いが、今日くらいは何も考えずにお菓子を作りたい。

「クッキー？　ケーキ？　シュークリームも悪くないか」

あれこれ自由に考えながら、通い慣れた通学路を歩く。

一週間ぶりのお菓子作りが楽しみ過ぎて、周囲を全然気にしていなかった。

だから、横道から千佳（ちか）がいきなり顔を出した時は、口から心臓が飛び出そうなほどビックリしてしまった。

「颯真さんッ！」

「ウワッ!!」

「やりましたー！　先回りして待ち構えていた甲斐（かい）があったというものです！」

颯真が大袈裟に驚（おどろ）くと、彼女は大成功とばかりにピョンピョンととび跳ねた。

「お前なぁ、だんだんイタズラ好きのガキみたいになってるぞ」

「そうです？　そうかも？　颯真さんには、こういうことしたくなっちゃうんですよね」

睨（にら）んでも、無邪気な笑顔のままだからタチが悪い。

「で、なんだよ。やりたいことがあるから付き合えってか？」

「大当たりです！　今からカラオケにご一緒してくれませんか？」

「カラオケ～？　さすがにそれは一人で行けるだろ」

全くカラオケな気分ではないので、口が思い切りへの字にひん曲がる。

「まさか、カラオケに行ったことがないなんてないだろ？」

「さすがにありますよぅ。ですが、ほら、アレをやってみたいんです」

「アレ？」

「内線電話でフードメニューを注文するのと、マラカスとかタンバリンを鳴らして、合いの手を入れるの」

「フードメニューの注文はなんとなくわかるけど、マラカス？」

　未希（みき）がいたら、フードメニューの注文なんて千佳にやらせようとしないのは容易に想像できる。しかし、マラカスはただ振るだけなのだから、勝手にやればいい。

「未希ちゃんたちとカラオケに行くと、私が歌う時は思い切りマラカスとか振って盛り上げてくれるんです。でも、私が歌っていない時は、私にお菓子を食べさせたり、次の曲を選ぶのを手伝ってくれたりで、私がマラカスやタンバリンを握るチャンスがないんです。だから、あれを人が歌っている時に思い切り振ってみたくて」

「しょぼい。今までで一番しょぼい『やりたいこと』だぞ」

「ひどいです。私のやりたいことに協力してくれるんじゃないんですか？」

　千佳が頬（ほお）をプクリと膨（ふく）らませた。

「いや、そうなんだけどさ」

約束を違えるつもりは毛頭ない。彼女がやりたいことには、どんなに小さなことでも協力したいと思っている。

だが、さすがにこれはささやか過ぎだ。

「今だったら斉藤もそれくらいのことはやらせてくれるだろ」

最近の彼女は、自立したいと願う千佳に理解を示し始めている。だからこそ、今回の中間テストでは一切口出しをしなかった。

「未希ちゃん、今日は生徒会のお仕事なんです。溜まった書類を片付けるって」

「だったら、他の友達」

「みんなもう先約があるみたいでした。私のお友達で今日空いてるの、颯真さんだけなんです」

「おい、俺をぼっちみたいに言うな。遊ぶ友達くらいいるんだからな」

今日はお菓子作りを優先させただけだ。

「悪いが、今日は菓子作りをするって決めてるんだ。明日にしてくれ」

カラオケの誘いを断り、さっさと帰ろうとするが、千佳にブレザーの裾を引っ張られる。

「今日行きましょうよぅ。私、ものすごくマラカス振りたい気分なんです」

「俺はものすごく菓子を作りたい気分なんだ」

だ。

断られるとは夢にも思っていなかった千佳がますますふくれっ面になるが、お構いなしだ。

よし、今日はシュークリームを作ろう。濃厚なカスタードクリームをたっぷり入れたやつがいい。

彼女の手を振りほどいて三歩歩くうちに、千佳のことは頭の中から追い出した。

だが、四歩目を踏み出す前にブレザーの首根っこを掴まれ、強制的に思い出させられてしまった。

「待ってください」

「イッテェ！　喉がグエッってなるから、後ろから引っ張るのはマジでやめろ！」

怒って振り返った颯真に、千佳がスマホを突き付ける。

「知ってます？　駅前のカラオケボックス、ティラミスをリニューアルして味がよくなったそうですよ」

「え、マジでか」

ティラミスの写真を見た瞬間、怒りを忘れてしまう。

「ほら、ここに書いてます」

カラオケボックスのホームページには、『ティラミス、イタリアから空輸したマスカルポーネチーズと自家焙煎（ばいせん）コーヒーをたっぷり使って思いっきりパワーアップ!!』なんて文章が躍（おど）っている。

「それから、ここってカラオケ定番のハニートーストも評判なんですよ。私も食べたことありますけど、とってもおいしかったです。颯真さんも食べてみたくないですか？」

「食べたい。行く」

千佳の問いかけに、颯真は子供みたいにコクリと頷（うなず）いた。

大々的な宣伝を打っているティラミスと、千佳が太鼓判（たいこばん）を押すハニートースト。興味が湧（わ）くスイーツが二種類もあるのだ。行きたくならないはずがない。

千佳の策略に乗せられているとわかっても、颯真の足はカラオケボックスに向かってしまう。

軽い足取りで歩き出す颯真を眺（なが）めながら、千佳が実感のこもった声でしみじみと言った。

「颯真さんって、本当にチョロいですね。変な人にホイホイ付いて行っては、ダメですからね」

「ティラミスとハニートーストに釣（つ）られたから何も言い返せないんだが、千佳に言われると、なーんか納得（なっとく）できないんだよなぁ」

普段はやたら子供っぽい彼女にそんな注意喚起をされても、どうにも釈然としない。

しかし千佳は、カラオケボックスまでの道すがら、なぜかお姉さん顔をしながら楽しそうに説教してきた。

「いいですか、世の中には悪い人や変な人がたくさんいるんです。自分の身を守れるのは、最終的には自分だけなんです。よく見て、よく考えて、常に慎重に行動することが安全につながるんですよ。颯真さんに何かあったら悲しむ人がたくさんいるんです。その人たちを泣かさないためにも、自分の身はしっかりと守ってください」

言っていることは実にごもっともなのだが、段々ムカついてきた。

「……やっぱ、カラオケ行くのやめようかな」

「ええ⁉　今さらそんなこと言うのナシです！　イヤですイヤです！　何でも言うこと聞きますから、一緒にカラオケ行きましょうよぅ！」

「お前も、悪い奴に引っかからないように気を付けろよ」

千佳が涙目になりながら腕にしがみついてきたので、額を軽く小突いてやった。

しょうもないドッキリを仕掛けるし、楽しそうにおちょくるし——これはいつものことか——、お姉さんぶって説教するし、かと思えば子供みたいな泣き顔になる。

いつも以上に面倒くさいなと感じていたが、すぐに理由がわかった。

彼女もテスト明けでテンションが高いのだ。

「——はい、ティラミスとハニートーストをお願いします。両方ともLサイズで。そうだ、ティラミスは先に届けていただき、ハニートーストは時間を空けてっていうのはできますか？　一度には食べられませんから。——はい、そうですね。それくらい間を空けていただけると助かります。それでは、お願いします」

カラオケルームに着いて早々、一つ目のやりたいことを達成した千佳は、ドヤ顔をこちらに見せてきた。このドヤ顔も、テンションの高さがさせていることなのだろう。

「まだ昼飯食ってないとはいえ、二人でLサイズってデカくないか？　あれってパーティー用だろ」

「問題ないです！　だって、テスト勉強すごく頑張りましたから、甘いものを食べたいんです！」

おざなりな拍手をしながら尋ねると、彼女は胸を張って言い切った。

「まあいいけど、食べきれなかったらもったいないから、責任もってちゃんと食べろよ」

「私と颯真さんなら大丈夫です！　それより、歌なんですけど、せっかくですから、お互いに歌ってほしい歌をリクエストし合うっていうのはどうですか？」

「マイナーなのはリクエストするなよ。せいぜい米津くらいにしてくれ」

興味をお菓子に全振りしている颯真は、あまり歌に詳しくない。ＳＮＳや動画サイトで話題になったのや、友達に勧められたのくらいしか知らないのだ。

備え付けられている端末を操作し、千佳に何を歌わせようか探す。

「女の歌手はもっとわかんないんだよなぁ。リョクシャカとかハニワならいけるか？　それとも、もっとベタにアイドル系か？」

千佳ってアイドルコス似合うかもな、などとくだらないことを考えながら、タッチパネルをコツコツ叩いて曲選びをする。

自分で歌うならいざ知らず、他人に歌ってもらう歌を探すのは案外難しい。おまけに、鼻歌程度は聞いたことはあるが、千佳のきちんとした歌唱を耳にしたことは一度もない。音域が広いのか狭いのか、歌がうまいのか下手なのかもわからない。

とりあえず、無難なやつにしとくかとデイリーランキングで上位の歌をピックアップしようとすると、

「決めました！」

テーブルの向かい側に座った千佳が、元気よく端末をカラオケ本体に向けていた。

「もう決めたのか」

「是非ともこれを歌ってほしいなって考えていましたから」

　ささ、どうぞ、とマイクを手渡してくる。

「歌えない歌だったら、即スキップするからな」

「大丈夫です！　絶対に聞いたことある歌ですから」

　ちょうどティラミスを運んできた店員に軽く会釈をしてからマイクを受け取り、立ち上がる。こっちの方がうまく歌えるような気がして、歌う時は立つようにしていた。

　千佳がワクワクしながら両手でマラカスを握り締める。

　マイクのスイッチがきちんとオンになっているか確認していると、スピーカーから曲のイントロが聞こえ始めた。

　アコースティックギターのゆったりとしてもの悲しいメロディーが奏でられ、それに寂寥としたリコーダーの音色がゆっくりと重なっていく。

「……なんだこの曲」

　思いっきり変な顔をしてしまった。

　想像していたどの歌とも違う。

「これ絶対に米津じゃないよな」

「違います。ツェッペリンです」

「洋楽⁉」

慌てて大きなモニターを確認すると、１９７０年代に大ヒットした伝説的バンドの曲名が表示されていた。

「なんでこんな歌にした⁉」

「だって、ものすごく有名じゃないですか。颯真さんも知っているでしょう？」

一応知っている。どこかで聞いたこともある。

だが、その程度だ。歌えるわけがない。

「なんでこんな古い歌を知ってるんだ？」

ファンには申し訳ないが、およそ女子高生らしくない選曲だ。

「お母さんが大好きなんです」

「案外ロックだな、千佳のお母さん」

穏やかな微笑みを絶やさない千佳の母親を思い浮かべ、全然イメージと違うと首を捻る。

もっとも、世代を考えたら、そうおかしくはないかもしれない。千佳の両親は年を取ってから娘を授かっている。

「無理に決まってるだろうが、こんな歌。もうちょっと高校生が歌えそうな歌をリクエストしてくれよ」

　ワンフレーズも歌わずに、演奏停止のボタンを押すことになってしまった。

「えー、無理ですかー」

　と、千佳が残念そうにマラカスをシャカシャカ鳴らす。

「実はこの歌、八分あるんです。八分間マラカス振り放題だなって考えて、チョイスしちゃいました」

「なんつー子供じみた理由。だいたい今の歌、絶対にマラカスに合わないだろ」

　どう聞いてもワーッと盛り上がるような曲ではない。

　仕方がないと一つ嘆息し、

「だったら、二・三曲連続で歌ってやるよ。それならいいだろ」

「ホントですか？　では、ピストルズの――」

「頼むから、激渋洋楽から離れてくれ」

　結局、颯真が自分で十八番のＪポップを三曲歌った。久しぶりのカラオケだったので、うまく歌えた自信はなかったが、マラカスをシャカシャカ振りまくった千佳はご満悦の面持ちだった。

　颯真がマイクを置くと、パチパチと拍手してくれた。

「お友達の歌に合わせてマラカス振るのって、こんなに楽しいんですね！　もっと早くやればよかったです」

「満足してくれたのなら、歌った甲斐があったよ」

久しぶりの歌唱で傷んだ喉にコーラを流し込む。炭酸の弾ける刺激が心地いい。

「私の番ですが、ぬるくなるとおいしくなくなりますから、先にティラミスを食べましょうか」

「そうだな。そうするか」

千佳が大きな容器に入ったティラミスを丁寧な手付きで小皿に取り分けてくれた。

「味の評価が気になるから、先に千佳が食べてくれよ」

「いいんですか？　では、遠慮なく」

いただきますと合掌してから、ティラミスを口に運んだ。

「そうですね……。コーヒーの香りはいいですね。口に入れた瞬間にしっかりと焙煎したコーヒーの香りがふわっと広がります。おそらく工場で作って冷凍したものをここで解凍しているのでしょうが、それでこれだけの香りを感じさせるのは素晴らしいと思います。ですが、甘すぎですね。コーヒーの苦みも、チーズのコクもほとんど感じません。悪く言えば、コーヒーの香りだけで他のマイナスを誤魔化そうとしています」

千佳の評価は、あまりいいものではないようだ。

「赤点ってことか？」

「どうとらえるかによりますけど。たとえば、これが喫茶店やレストランで出されたら問題外です。ですが、ここはカラオケで、価格もそれなりです。そう考えると、及第点かなとも。でも、最近のカラオケって結構デザートに力を入れてますし、あれだけ宣伝しているんですし、もうちょっと頑張ってもいいかなっていうのが私の感想です」

「なるほどな。カラオケってことを頭に入れて食べるんだな」

千佳の感想を聞きながら、自分も食べようとスプーンを手に取る。

「あ、ちょっと待ってください」

それを千佳が制止した。そして、トコトコとテーブルを回り込んで、スプーンを奪い取る。

「はい、あーん」

「やると思ってたよ」

いい加減いつものことなので、大して迷うこともなく、口を開き、ティラミスを食べさせてもらう。

「そうだな。千佳の言う通りだな。コーヒーの香りはいいけど、他はいまいちだ」

少なくとも、このティラミスのためにもう一度このカラオケに来ようとは思えない。

「おいしくないってわけじゃないんですけどね。ちょっと、私たちが期待値を上げすぎちゃったのかもしれません」

「カラオケだからなぁ」

喫茶店やレストランで提供されるティラミスと比較するのが、そもそも筋違いなのだ。

感想を言い合いながら、千佳に食べさせられるままになる。

「千佳は食べなくていいのか？」

「私、ハニートーストの方をたくさん食べたいので。ハチミツたっぷりでトロトロでおいしいんですよー」

「俺にも少しは食べさせろよ」

「もちろんです」

颯真に食べさせるのが楽しくなってきた千佳は、歌も歌わずせっせとティラミスを口へ運んでくる。

半分近く食べさせられると、千佳が手を止めた。

「口の周りが汚れちゃいましたね」

「マジか」

「ココアパウダーが付いちゃいました。あ、私にやらせてください」

手の甲で雑に拭おうとすると、千佳がニコニコしながらおしぼりを広げた。

「それくらい自分でやるって」

「いつもやられる側でやったことないんです。やらせてください」

さすがに恥ずかしいのだが、それを言われると断りにくい。それに、ここは個室だ。誰かに見られる心配もない。

「わかった。頼む」

「はーい、ジッとしていてくださいねー」

まるでちっちゃい子供に言い聞かせるようにしながら、優しい手付きで颯真の口元を拭き始めた。

――ガチャリ。

「失礼します。ハニートーストをお持ちしました」

千佳が熱心におしぼりを動かしている最中に、アルバイトの店員が甘い湯気を立ち上らせるハニートーストを運んできた。

その店員と、目が合う。

『あー、ハイハイ。高校生のバカップルがまぁたイチャついてやがるよ。カラオケに来て何やってんだか。歌を歌えよ。ったく、高校生はすーぐラブホテル代わりに使おうとしやがる。少しは常識をわきまえやがれ』

店員は何も言わない。表情にも出さない。だが、冷ややかな目が雄弁に物語っていた。

「ち、違……！」

言い訳しようとするが、千佳のおしぼりのせいでジタバタするだけになってしまった。

「あ、颯真さん、暴れないでください」

「もう、いい子だから、ジッとしてください」

メッと叱りながら、ますます体を寄せてくる。

すると、店員の目がさらに冷たいものになった。

カラオケルームで歌も歌わず、女の子に口を拭いてもらっているところを、名前も知らない店員に冷めた目で見られてしまう。

きつい。これはかなりきつい。

無茶苦茶恥ずかしい。

顔が真っ赤になり、今すぐこの部屋から逃げ出したくなる。

「ありがとうございます。そのあたりに置いてください」

一方、千佳の方はにこやかに会釈しつつも、口を拭く手を止めない。

こいつのメンタル、どーなってやがんだ。

呆れると同時に感嘆もしてしまう。

ハニートーストをテーブルに置いた店員は、もう一度颯真に冷淡な目を向けた後、無言で退室した。

「はい、綺麗になりました！　ではでは、冷めないうちにハニートーストをいただきましょうか。……あれ？　颯真さん、顔が赤くないですか？　空調が合っていないのでしょうか」

「違う。そうじゃない。気にすんな」

気づいていない千佳に、わざわざ説明するのもバカバカしい。

カラオケでは大はしゃぎだった千佳だが、それから数日後、様子がガラリと変わってしまった。

あそこに行きたいですあれをやってみたいです！　といつも騒いでいるのに、それがぱったり止んでしまったのだ。

逆に颯真が試食を頼んでも、断られてしまう。

「駅前のケーキ屋で秋の新作ケーキが販売されたらしいんだ。一緒に試食してくれないか?」

「すみません。今日はちょっと用事がありまして」

「じゃあ、明日はどうだ?」

「明日もちょっと……」

と、こんな調子なのだ。

テスト明けにハイテンションになって、はしゃぎ過ぎた反動と反省かと思ったが、どうもそういう感じではない。

何か理由があるのではと聞いてみたが、はぐらかすばかりで答えてくれない。

怒らせることでもしただろうかと考えたが、心当たりは全くない。

誘いを断り、そそくさと立ち去る千佳を目で追いかけながら、ひたすら首を傾げるしかなかった。

「倦怠期ね」

一体どうしたんだろうと考えていると、未希がぬっと現れ、おかしなことを言い出した。

「なんだよ斉藤。いきなり現れて、何を言い出しやがる」

「言葉通りよ。交際期間が長くなると、刺激が薄くなってマンネリ化してしまうのよ。そうやって、だんだん気持ちや考えがすれ違っていくと、関係が修復不可能になって、別れてしまうのよ」

「色々ツッコミどころがあるけど、とりあえず一個言ってやると、斉藤って誰かと付き合ったことないだろ。よく偉そうに言えるな」

したり顔で語る生徒会副会長にジト目を向ける。

「耳年増ってやつね。友達からたくさん話を聞いたし、少女漫画でもたくさんそういうカップルを見てきたんだから」

「耳年増ってあんまりいい言葉じゃないだろ。自分で言うな」

やれやれとこれ見よがしに疲れたため息をついてみせると、部下を励ます上司のようにポンポンと肩を叩いてきた。

「頑張りなさい。正念場よ」

「意外だな。斉藤は俺と千佳が一緒にいるのは嫌じゃないのか？」

すると、未希は困ったように顔をしかめたが、そうでもないかも、と答えた。

「ものすごーく複雑な気持ちなんだけどね。少し立ち位置を変えることにしたわ。市瀬は、ワタシが千佳にできないことをできるみたいだから」

と、少し寂しげな口調でいい、千佳が去っていった方向を見つめる。

「見守る役とおちょくられる役しかやってないけどな」

「それがワタシにはできないって言ってるのよ。特に後者はワタシには無理ね。マスコットなポジションのあの子にからかわれて、玩具にされるなんてなかなかできることじゃないわ」

「斉藤、それ褒めてない」

「当たり前でしょ、褒めようとは思ってないんだから」

「あのな」

颯真が渋い顔になったが、未希は話を元に戻した。

「倦怠期かどうかはともかく、最近千佳の元気がないのは確かなのよ。昼休憩にご飯やお菓子を食べさせようとしても食べてくれないし。ワタシだけじゃなく、他のみんなも心配しているわ」

それには颯真も気づいていた。

どうも食欲が落ちているらしく、いつも女子たち数人がかりで食べさせられていたお菓子をほとんど口にしていない。遠目で眺めながら、何があったんだろうと訝しんでいた。

「まさか病気か？」

「だったらさすがにワタシに言うわよ。そういうのじゃないと思うの。時々、思い悩んだ目でアンタを見ているから、アンタが原因なんじゃないかしら。だから倦怠期って言ったのよ」

「全然思い当たる節がないんだが」

「市瀬って、鈍いところあるからね。気づいていないだけかもしれないわよ。まあ、とにかくなんとかして。アンタも千佳が元気ないのは嫌でしょ？」

それだけ言って、未希は千佳の後を追いかけていった。

やはり、千佳は何かおかしいらしい。しかも、未希の言葉を信ずるならば、その原因は颯真に関係するようだ。

改めて考えてみたが、やはり思いつかない。

「だったら、腹を割って話すしかないよな」

あれこれグチグチと考えたって埒が明かない。

颯真は、制服のポケットからスマホを取り出した。

放課後、大事な話があるから絶対に来い、とメッセージを送り、千佳を呼び出した。

場所は学校の裏門前。

昼間は『脱走』する生徒が度々やってくるが、放課後になると誰も近寄らなくなる。人を呼んで話をするには、うってつけの場所だった。

千佳と待ち合わせをする時、いつも彼女が先に来ていたが、この時だけは颯真の方が早かった。十分ほど待たされて、茶色い髪の女子生徒がトボトボとした足取りでやってきた。

「あの、大事な話ってなんでしょうか。その、私、今日もちょっと……」

来て早々、帰りたそうな素振りを見せる。

逃げられてはたまらないので、単刀直入に尋ねることにした。

「最近の千佳、何かおかしいだろ。どうしてだ？　考えたけど、全然理由がわからない。何があったのか教えてくれ」

「そ、それは……」

千佳が大きく動揺する。

「俺が原因なら改める。俺が原因じゃないなら、千佳が元気になるように手伝えることは手伝う。だから、理由を教えてくれないか」

「それは、その……」

下を向き、モゴモゴと言う。両手をギュッと握り締め、なんと言おうか思い悩む。

冷たくなり始めた秋の風が、二人の間をゆっくりと通り過ぎていく。

「……実は、言おう言おうと思っていて、言えないことがあったんです。なかなか勇気が出なくて、言い出せませんでした」

「言えないこと？」

彼女らしからぬ悲しげな表情に、颯真の顔も曇ってしまう。

胸の中に、どす黒い雲が立ち込めていく。

なんだ？　千佳は一体何を言おうとしている？

呼び出したのは颯真の方なのに、この場から逃げ出したくなってきた。

だが、颯真の足が動き出すより先に、悲しげな表情の千佳が口を開いた。

「私たちの協力関係、解消させていただけませんか」

「――――」

その瞬間、呼吸が止まった。

千佳を見つめたまま、動けなくなってしまう。

なんて言った？　千佳はなんて言ったんだ？

彼女の言葉を確かに聞いた。だけど、脳が意味を理解することを拒否している。聞かなかったことにしようとする。

「一方的に約束を破棄してごめんなさい。でも、もう颯真さんのお力になれそうにありません」

千佳が深々と頭を下げてくる。

それで理解するしかなくなってしまった。

彼女が二人の関係を終わらせようとしていることに。

平衡感覚が狂い、グラリと倒れそうになる。

夢にも思っていなかった。

千佳はずっとお菓子の試食をし続けてくれると思っていた。自分も千佳のやりたいことをずっと見守り続けると思っていた。それは当然のことで、揺るがないものだと思い込んでいた。

それが、こんなにあっけなく崩壊してしまうなんて。

目の前が灰色に染まり、どこか現実ではないような感覚に陥る。――いや、現実と認めたくない颯真が勝手に灰色に塗り潰しているのだ。

「理由を聞かせてくれないか？　全然納得できない」

強張る喉を叱咤し、無理矢理声を絞り出す。

「理由は、言えません」

「そんな答えで、はいそうですかって言えるわけないだろ！」

申し訳なさそうに小さな声で答える千佳に対し、思わず声を荒らげてしまった。

彼女がビクッと怯える。

大きな声を出すべきではない。それはわかっていても、我慢できなかった。怖がらせるだけだとしても、感情が噴き出すのを止められない。

「これからもずっと協力し合っていけるって思ってたんだ！　俺は感謝してるし、お前の力になりたいって心の底から思ってる！　悩みや問題があるなら全部言え！　俺が解決してやる！　苦労があるなら、俺が半分持ってやる！」

「ゴメンなさい！」

千佳は泣きそうな顔になりながら頭を下げ、踵を返そうとした。

「待てよ！　理由を言ってくれ！　じゃないと絶対に離さない！　絶対にだ！」

逃げ出そうとした千佳の細い手首をギュッと掴む。

千佳を手放したくない。その一心だった。

認められない。認めたくない。こんなこと、あってたまるか。

「り、理由は……」

千佳が掴まれた腕を何とか振りほどこうとする。だが、腕力で男の颯真に敵うはずもない。すぐに諦め、つらそうに顔をゆがめた。

「理由を言ったら、この手を離してくれますか？」

「納得できる理由だったらな。そうじゃなかったら、離さない」

颯真が絶対に揺るがない強い意志を持って見つめると、彼女は負けを認めるように弱々しくうなだれた。

「実は、太っちゃったんです」

そして、罪を告白するように、消え入りそうなほど小さな声で言った。

「……え？」

彼女の言葉は一言一句聞き逃さなかった。意味も理解した。だが、聞き返さずにはいられなかった。

「もう一回、言ってくれるか？」

「ですから、太っちゃったんです！」

千佳は顔を真っ赤にしながら、半ば自棄になって大声で言った。

「太った……？」

「最近颯真さんの試食をたくさんするようになって、甘いものを考えなしに食べちゃったら、お肉が付いちゃったんです！　このままじゃ抱き心地がよくなっちゃって、ますます未希ちゃんたちにぬいぐるみ扱いされちゃいます！」

千佳が顔を両手で覆い、現実を否定するようにイヤイヤとかぶりを振った。

「そ、そうか。そういう理由か……」

彼女の手首を掴んでいた手から、全身から、力が抜けていく。

立っていられなくなり、千佳にしがみついてしまった。

「え⁉　颯真さん⁉」

よかった。嫌いになったとか、顔を見るのもつらくなったとか、そういう理由じゃなくて、本当によかった。

腕の中の千佳のぬくもりに心の底から安堵する。

「あ、あの、颯真さん？　わ、私、どうすればいいんでしょう？」

突然しがみつかれて混乱しながらも、千佳は支えるために抱きしめてくれた。


気持ちを落ち着かせた颯真は、千佳からちょっと距離を取った。無意識に抱きしめてしまったのが、かなり恥ずかしい。

「で、太ったんだって？」

彼女を頭のてっぺんから足のつま先までジロジロと眺めてみたが、特段太ったようには見えない。

「気のせいじゃないのか？」

女性は体重やスタイルに関して、過敏と言ってもいいほど敏感だ。思い込みとか、ほんのちょっとの増量を大袈裟に気にしているというのも十二分にあり得る。

「ううっ、本当に太っちゃったんですよぅ」

千佳は涙目になって訴えてくるが、さっぱりわからない。

「こういう時、漫画でよくあるオチだと、身長が伸びたとか、胸が大きくなったとかってのがあるんだけど」

「どちらも違います。保健室で身長を測ってみましたが、変化なしでした。おっぱいも変わっていません」

「マジで見た目変化ないと思うけど。気にしすぎじゃないか？」

本当に太ったように見えないし、お菓子の試食をやめてほしくない颯真はそんなことを言ってしまった。

「私の言うこと、信じてくれないんですね」

すると、自分の悩みを全然理解してくれないことに苛立ったのか、千佳が突然スカートの裾をめくり、太ももを見せつけてきた。

「ちょッ⁉　何やってんのお前⁉」

「ほら、このへんが太くなっちゃってるんです！　お肉が付いて、ぷにぷにしちゃってるんです！」

しっかり見ろと、スカートを持ち上げながら近づいてくる。千佳は元々色白だが、太ももの内側は一層白く、輝いて見えた。

「疑うなら触って確認してください！　本当にぷにぷになんですから！」

「その状態で動くな！　マジでヤバイから！」

動くたびにスカートがヒラヒラ動き、見えてはいけないところまで見えそうになってしまう。

「ここですここ！　前は絶対にもっと細かったんです！」

颯真の手を掴み、自分の太ももを触らせようとしてくる。

「やめろって！　セクハラだぞ⁉」

「だって颯真さん、全然信じていないじゃないですか！」

「わかった信じる！　信じるから、マジでそういうことやめてくれ！」

ほとんど悲鳴に近かった。

ゼーゼーと荒い息になってしまった颯真が強引に振りほどいた腕を背中に隠すと、千佳は不思議そうな顔をした。

「もしかして、恥ずかしいんです？」

「当たり前だろ。そういうこと、するんじゃない。そういうの、よくないんだぞ」

「ふーん……」

語彙力のない説教をすると、今の今まで涙目だったくせに、獲物を見つけた小悪魔のような微笑みを浮かべた。そして、そっと耳元へ唇を近づけてくる。

「颯真さんだったら、触ってくれても構いませんけど」

こいつは……！

毎度毎度のことだが、いつも以上にムカついた。

こっちは協力関係を破棄すると言われて、ものすごくショックを受けて、ものすごく悲しくなった。

だというのに、けろっとした調子でこちらをからかおうとする千佳にすごく腹が立った。

是が非でも仕返ししてやりたくなってくる。

「わかった。そこまで言うなら触ってやる」

「え……。ええっ!?」

まさかそんな返しをしてくるとは予想していなかったのか、目を丸くして驚く。

「ほ、本気ですか？」

「触れって言ったのはそっちだろうが。女子の足を触る機会なんて普通ないからな。いい機会だし、遠慮なく触らせてもらう」

わざと両手の指をワサワサと卑猥に動かしてやると、千佳は一歩怯んだ。

「う……」

「なんだよ。さっきの威勢はハッタリか？　別に胸を揉ませろって言ってるんじゃないんだ。足くらいでおじけづきやがって。自分が言ったことにも責任取れないなんて、千佳って口だけのガキなんだな」

「ガ、ガキなんかじゃありません！　わかりました！　そこまで言うなら、どうぞ存分に触ってください！」

ここで引き下がったら敗北と悟った千佳は覚悟を決め、スカートの裾を摘まんだ。そして、ゆっくりとたくし上げていく。

再び露わになった太ももは、羞恥のせいで桃色に染まっていた。

「え、ええと……どうぞ？」

今まで見たことがないほど顔が真っ赤になっている。そして、怯えた子犬みたいにぷるぷると震え始めた。

よしよし、ざまあみろ。

それを見て、颯真は内心ほくそ笑んだ。ここまで気持ちよくカウンターを決められたことは今までなかった。胸がすくとはこのことだろう。

「動くなよ」

「は、ハイ！」

追い打ちをかけようとする颯真の言葉に、千佳は注射の針を見たくない小学生みたいにギュッと目を瞑った。

そんな彼女をたっぷり見物して満足してから、

「なあ千佳」

「な、なんでしょうか？」

「考えたんだけど、千佳としてもベストじゃない太ももを触られるのは不本意じゃないか？　だって、今の太ももはぷよぷよなんだろう？」

「え？　それは、まあ……」

おかしな質問が飛んできて、スカートをたくし上げたままの千佳が恐る恐る目を開ける。

「だったら、ベストな太ももになってから触った方がお互いのためだよな」

「べ、ベスト？」

「太ももを細くするために、ダイエット頑張ろうぜ。今度の休み、ランニングするぞ」

「え……えええええええッ!?」

太ももを触られるはずが運動をすることになった千佳が、情けない悲鳴を上げた。

常識的に考えて、クラスメイトの女子の太ももを触れるはずがない。

千佳がいいとしても、その事実が教室中に知れ渡ったら、女子からは白い目で見られ、男子からはボコられる。そんな危なっかしいこと、できるはずがない。

もしも、そういうしがらみが一切なかったら？

欲望の赴くままに触りまくったに決まっている。

お菓子、特に洋菓子は、糖質と脂質が多く含まれており、非常にハイカロリーだ。

時折食べるなら、心や食生活に彩りを与える素晴らしいものだが、毎日毎日食べたら健康によろしくない。具体的には、肥満につながる。

ここ最近千佳の体重が増えたとすれば、その原因はやはり颯真が頼んでいる試食だろう。

自分が原因で彼女に悲しい思いをさせるのは申し訳ないし、責任はきちんと取らなくてはならない。

だから、次の日曜日、颯真はやる気満々、気合いを入れて千佳の家を訪れた。

「こんにちは！　千佳さんを迎えに来ましたッ！」

「うわー、ホントに来ちゃったんですか～」

いつもは笑顔で出迎えてくれるのに、今日の千佳は思い切りしかめ面だった。全然歓迎していない。しかも、着ている服もゆったりとしたルームウェアである。

「なんだよその恰好は。今日はダイエットのために運動するって言っておいただろうが」

颯真は運動しやすいジャージ姿だ。背中にはタオルや水筒を入れた軽量のランニングリュックを背負っている。

早く着替えて来いよと二階の彼女の部屋を指さすと、千佳は拗ねた幼稚園児みたいに口を尖らせた。

「だあって、ものすごーく気が進まないんですもん。私、インドア派ですし」

「安心しろ。俺もだ」

小学生の頃からお菓子作りに打ち込んでいる颯真に、体育会系の部活動の経歴はない。

「気合入りまくっている颯真さんを見ていると、全然安心できないんですけど。明日全身筋肉痛になってのたうち回るような、とんでもなくハードな運動をさせるつもりじゃないでしょうね」

「俺は体育会系でもなければ、トレーニーでもない。そもそも、そんなきつい方法なんか知らん。単に走るだけだって」

　怖くないからこっちに来いこっちに来いと手招きするが、人に懐かない野良猫みたいに千佳は全然近寄ってこない。

「走るだけっていうのが、すでにきつそうなんですけど」

「平気平気。体育の準備運動で毎回グラウンドを二・三周走ってるだろ。それのほんのちょっときついバージョンだって。それくらいならできそうだろ？」

「それは、そうかもしれませんけど……」

　説得してもまだ気乗りしないようで、つっかけたサンダルのつま先で玄関口のタイルを無意識につつく。

「あの、太ももを触りたいなら、別にいつでも――」

「そんなセクハラを理由にこんな準備しているわけないだろうが」

　颯真が睨むと、ごめんなさいと千佳は体を小さくすぼめた。

　やれやれとため息をつきつつ、宥め口調で言ってやる。

「休日に友達とランニングなんてやったことないだろう？　これも一つの経験ってやつだ」

「それを言われると、弱いんですが」

と、千佳も大きく諦観のため息をついた。

「わかりました。颯真さんがせっかくの休日にそこまで準備してくれているんですし、走ります。ですが、きつくなったら躊躇なくギブアップしますからね。それでも走らせようとしたら、大声出しますから覚悟しておいてください」

「しょうもない脅しをかけんな。無理はしないって。ほら、いいから早く着替えて来いよ」

「はぁ～い」

颯真が促すと、千佳は渋々といった足取りで二階へ上がっていった。

娘と入れ替わるように、千佳の母親が笑顔でスリッパをパタパタ鳴らしながらやってきた。

「あら、颯真君、こんにちは」

「あ、こんにちは。お邪魔しています」

「今日は一緒にランニングをするのよね」

「ええ、はい。ダイエットのために。すみません、俺がお菓子を食べさせまくったせいで千佳を太らせてしまって」

颯真が頭を下げて謝罪すると、千佳の母親は娘そっくりの仕草でクスクスと笑った。

「数キロなんて誤差よ。若いんだし、ちょっと運動してちょっと食事を気にしたらすぐに戻るわ。まあ、運動するのは悪いことじゃないし、あの子も楽しみにしていたみたいだから、しっかり走ってきてちょうだい」

「……楽しみ？　ええと、たった今あいつにものすごく嫌そうな顔をされたんですけど」

目線を二階へ向けると、千佳の母親はまた笑った。

「ポーズだけよ。本当はすごく楽しみにしていたんだから」

「あいつが……？」

俄かには信じがたい。

「本当よ。その証拠に、新しいランニングウェアとランニングシューズを買ってって、せがまれたんだから」

千佳の母親がシューズボックスのドアを開き、真新しいピンク色のランニングシューズを指さした。

「なかなか珍しいのよ？　あの子が何かを買ってっておねだりしてくるなんて。颯真君と一緒に運動するためって聞いて、夫はすごく複雑な顔をしていたけど、結局いいのを買ってあげちゃってたわ」

「へえ、そうなんですか……」

「まあ、だから、あなたが謝ることなんて全然ないわ。運動の秋なんだし、どんどん走っちゃってちょうだい。あ、もちろん怪我と交通事故には気を付けるようにね」

「はい、それはもちろん」

頷きながら、颯真の視線は新品のシューズに注がれる。なかなか高そうなシューズだ。

「お待たせしましたー」

十分後、黒に明るいピンクのラインが入った可愛らしいデザインのランニングウェアに身を包んだ千佳が二階から下りてきた。

「気にすんな。そんなに待ってないから」

「そうですか。だったらよかったですけど。――って、ああっ⁉　何をしてるんですか⁉」

「靴踏み」

驚愕する千佳に対し、新品のランニングシューズをせっせと踏んでいる颯真はさも当然のように言った。

「やめてくださいやめてください！　私のシューズに何の恨みがあるんですか⁉」

「靴に恨みなんてあるはずないだろ。新品だって聞いたからやってるんだよ。こうやって踏んでシューズの皮を柔らかくした方が怪我しにくくなっていいんだぞ」

「なんですかその大昔の体育会系で流行ったような俗説は！」

「そうかぁ？　これ、先輩は当然のようにやってたんだけどな」

首を傾げながら、讃岐(さぬき)うどんの生地(きじ)を踏む職人のようにシューズを踏み続ける。

「やめてくださいってば！　せっかくのおろしたてなのに！」

「汚(よご)れないように靴脱(くつぬ)いで踏んでるじゃないか」

「そういう問題じゃありません！」

怒(おこ)った千佳が颯真の足の甲(こう)をグリグリと踏んできた。

「こうなったら仕返しです。颯真さんを踏んでやります」

「おいやめろ。俺はシューズじゃない」

「そんなこと、もちろんわかってます。でも、なんだか颯真さんを踏みたくなってきました。踏みやすいように四(よ)つん這(ば)いになってくれませんか？」

「よしわかった。すぐにやめる。やめるから、これ以上おかしな性癖(せいへき)の扉(とびら)を開けるのはやめてくれ」

「失礼なことを言わないでください。前々から颯真さんを踏んでみたいって思っていて、いい機会だから踏もうとしているだけです」

「すでに開放済みかよ！」

狭(せま)い玄関(げんかん)ホールで、颯真と千佳はワイワイギャアギャアと靴を踏んだり足を踏んだりし続ける。

「あなたたち、さっさとランニングに行きなさいよ」

それをずっと眺めていた千佳の母親が、なんとも困った顔でポツリと言うのだった。


半ば追い出される形で里見家を出た二人は、家の前で軽い準備運動を行った。

「ランニングって、どのくらい走るんですか?」

屈伸運動をしながら、千佳が尋ねてきた。真新しいランニングウェアを着ているおかげで、簡単な運動をしているだけでも様になって見える。

対する颯真は、着古した野暮ったいジャージなので、ちょっと恥ずかしい。

「今日は十キロ先にある公園を目標にしよう。しっかり舗装された歩道がずっと続いているみたいだから、走りやすいと思う」

ランニングをする時、走るロードはとても重要だ。車が排ガスを吐き出しまくる道路の横だったり、デコボコ道だったりしては、走るどころではなくなってしまう。

「なるほど。きちんと考えてくれているんですね」

と、ランニングウェアの少女は一旦納得しかけた。が、屈伸途中のポーズで固まってしまう。

「ちょっと待ってください。十キロ先？　つまり、往復で二十キロ走るってことですか？」

「そうなるな」

颯真が何でもないように頷くと、彼女の顔が引きつった。

「二十キロってほとんどハーフマラソンじゃないですか！　無理です無理です！　そんなに走れるわけないじゃないですか！」

颯真のジャージの裾を握り締め、ブンブンと激しく首を横に振る。

「大丈夫。いけるって」

「さっき、グラウンドの二・三周するよりほんのちょっときついだけって言ったじゃないですか！」

「だから、グラウンド二・三周のほんの二十倍だって」

「二十倍の前に『ほんの』なんて修飾語付けないでください！」

ここまで明確に拒否する千佳はなかなか珍しい。ちょっと面白い。

「そもそも、最近の減量は有酸素運動より無酸素運動を重視しているはずです！　私、動画サイトでダイエットの動画をいくつか見て勉強したんですから！」

「最近はそういう考えらしいな」

長距離走をはじめとする有酸素運動をやり過ぎると、脂肪も燃焼されるが、筋肉も減少してしまい、逆に痩せにくい体になってしまうそうだ。それよりも、スクワットや腕立て伏せなど無酸素運動で筋肉を増やし、基礎代謝を上げて減量しよう、というのが、近年の主流な考え方らしい。

だが、颯真はジャージに縋りつく千佳の目をまっすぐ見て言った。

「いいか。俺たちは高校生だ。十代だ。若い」

「は、はい。そうですね」

語気の強さに気圧された千佳が、思わずコクリと頷く。

「筋肉がどうだとか基礎代謝がどうだとかグチャグチャ考えるより、とにかく走って走ってカロリーを消費する方が手っ取り早い。体が若いからそれで充分痩せる！」

「だから、どうしてそこでいい加減な根性論になっちゃうんですかぁ⁉」

「いい加減じゃないって。人間、摂取カロリーよりも消費カロリーの方が多ければ痩せるんだよ。そんでもって、走るってのは一番手っ取り早い方法なんだよ」

老化が始まっている大人はなかなか消費カロリーを増やしにくいから、工夫が必要かもしれないが、新陳代謝が活発な高校生ならば、とにかく動けばカロリーは消費できる。あれこれ考えるより、さっさと運動した方が効率的だ。

「そうかもしれませんけど、二十キロも走るなんて不可能ですってば！　他の運動にしましょうよぅ！」

「そういうのは大抵走るよりきつかったり、特別な器具が必要だったりするんだぞ」

颯真の正論に、う、と千佳の言葉が詰まる。

だが、彼女はそこで諦めたりはしなかった。

『そ、そうだ。プールで泳ぎましょう！　水泳も全身運動で、消費カロリーが多いって聞きます。ちょっと恥ずかしいですけど、颯真さんに特別に私の水着姿お見せしちゃいます！」

なんかもう、必死だった。

「水泳か。悪くないな」

「でしょう!?　だったら、水泳にしましょう！」

水泳もダイエットには適している運動だ。それに、千佳の水着姿は正直見てみたい。

だが、首を横に振って却下する。

「無理だろ。カナヅチだって喫茶店で言ってたじゃないか」

「うわあん！　なんでそんなのしっかり覚えているんですかぁ！」

「ほら、いいからさっさと走るぞ。こっちを見てるおばさんがマジでイライラしてる」

いつまでも出発しない娘と男友達のせいで、玄関から眺めている千佳の母親の顔がだんだん険しくなってきた。

「ううう、わかりましたよぅ」

颯真と母親に睨まれた千佳は、とうとう観念した。

髪ゴムを取り出し、自分の茶色い髪を手慣れた仕草でくるんとまとめてポニーテールに仕立てる。

「さあ、行きましょうか」

頭を振ってポニーテールの具合を確認する千佳に、一瞬目を奪われてしまった。

「颯真さん?」

「あ、いや、何でもない。走ろうぜ」

何とか誤魔化そうとするが、こういう時のこの少女はえらく鋭い。

「もしかして、見惚れちゃいました? でも、ポニーテールって別に……。あ、そうか。体育では一緒じゃないから、男子は見たことありませんよね」

どうやら体育では日常的にしているらしい。だが、颯真にはひどく新鮮だった。

普段の千佳はほんわかとした雰囲気で、活発的とは言い難い。だが、ランニングウェアを着てポニーテールになった彼女は、見違えるほどスポーティーでカッコよく見えた。

なんか、こいつの見た目が変わるたびにドキドキさせられてるな、俺。

そう考えると、ちょっと悔しい。

だから、にんまり笑いながら近づいてくる千佳を振り切り、走り出した。

「よし、走るぞ！」

「あ、待ってください！」

慌てて彼女も走り出す。そして、並走しながらこちらを覗き込もうとしてくる。

「ねえねえ颯真さん、私のポニーテール見て、ドキッとしたんですよね？　そうですよね？」

テンポよく走りながらチラリと彼女を見ると、すでに楽しくて仕方がないと言わんばかりの顔をしている。とてもランニング中とは思えない。

「いーや、全然」

「またまたぁ。素直に認めればいいのに。そうすれば、いくら見ても構いませんから！　私も見惚れている颯真さんをたっぷり鑑賞させていただきますけど！」

「いや、結構だ」

努めてクールを装う。

「俺は、ポニーテール以外に好きな髪型があるんだ」

これは本当だった。

「え、そうなんです？　どんな髪型が好きなんですか？」

「頭の後ろでお団子にするのと、なんて言うんだろな、三つ編みを後ろでくるんとまとめたやつ」

「三つ編みシニョンでしょうか。それはまた、随分とマイナーな髪型がお好きなんですね」

「メイドがよくしてるだろ。だから好きなんだ」

「メイド!?　そういえば、ピクニックに行った時にそんなことを言ってましたね。そうですか、颯真さんってメイド好きなんですか……」

走りながら、うーんと考え込み始める千佳に、先んじて言ってやる。

「千佳にメイドの恰好をしてもらいたいとは、一ミリも考えていないからな」

「メイドの私、見たくないんですか？」

「だって、絶対に腹黒メイドになるからな。俺は清楚な雰囲気のメイドが好きなんだ」

「腹黒メイド!?　それは『安らぎの天使』に失礼すぎませんか!?」

「俺をおちょくろうとしている時の顔を撮って見せてやろうか？　スッゲー邪悪な顔をしてるからな」

「邪悪は言いすぎです！」

「何言ってやがる。この上もなく最適な表現だ」

ワーワーと言い合いながら、ようやく二人のランニングは始まった。

文句なしの運動日和だった。

爽やかな青空が広がり、気温も実に快適だ。空気も澄んでいて、遠くに見える山々の稜線もくっきりしている。

そんな秋空の下で始まったランニングだが、最初のうちは順調だった。

運動は苦手ですと千佳は言っていたが、高校生である以上、週二回、体育という名の運動を欠かさず行っている。だから、全く体が動かないということはあり得ない。

リズムよく、軽く息が切れる程度の速度で走っているが、彼女はきちんと颯真に付いて来ていた。

「走り始めるまではすごく嫌でしたけど、実際に体を動かし始めると、気持ちがいいですね」

ポニーテールをぴょんぴょんと躍らせるようにしながら走る千佳が言った。

「体育会系みたいにギリギリまで追い込むとかは地獄だけど、これくらいの運動だったら悪くないだろ？」

「そうですね。もう二キロくらいは走ったでしょうか。片道十キロなんて案外簡単かもしれませんね」

「目的地に着いたら、お菓子とお茶があるから楽しみにしてろ」

と、背負っているランニングリュックを指さす。

「え、お菓子ですか。嬉しいですけど、それっていいんでしょうか」

「安心しろ。ちゃんと考えて低カロリーのお菓子を作ってる」

「そうなんですか！　よーし、頑張るぞー！」

ご褒美があると知った千佳は、ますます張り切って走り出した。

だが、この会話はものの見事に前フリとなってしまった。それはもう、お笑い芸人が呆れてしまうほどに。

「ヒイ……！　ハァ……！　ヒイ……！　ハァ……！」

往路の半分を過ぎた頃、千佳の元気は完全に消え失せていた。

滴る汗をぬぐう余裕もなく、ヒィヒィと死にそうな声を上げている。走るテンポも悪くなり、見ているこちらが心配になってくるヨタヨタ走りになっていた。

「だ、大丈夫か？」

走りながらスポーツタオルを取り出し、玉の汗が浮いた首にかけてやる。すると、礼を言うどころか、じろりと睨んできた。

「どーして颯真さんは、そんなに平気な顔で走っていられるんですか」

同じ距離を同じスピードで走っているにもかかわらず、全然バテていないのが不満らしい。

「ちょいちょい走ってるからな。二十キロくらいなら余裕だ」

「ズルい！　チートです！」

「チートじゃねぇよ。地道な努力の結果だよ」

理不尽な文句を言われて困ってしまう。

仕方がない。ここはプランBに切り替えよう。

十キロ先の公園をゴールにしていたが、そこまで走れない時を想定して、もっと近いゴール地点もいくつか設定しておいた。初日だし、無理はさせない方がいいだろう。

「ほら、もうちょっと走ったら休憩にするから、頑張れ頑張れ」

「はぁい」

励ましに力なく応じ、陸上部の顧問が見たら叱責間違いなしのみっともないフォームでヨタヨタと走り続けた。

一キロほど距離を稼いだ頃だろうか、千佳が唐突に口を開いた。

「――私って、ぬいぐるみが大好きじゃないですか」

「は？　ああ、そうだな」

いきなり何を言い出すんだと訝しみながらも、相槌を打つ。

千佳の部屋には一度訪れたことがあるが、ぬいぐるみ専用の棚なんてものがあった。たくさんのぬいぐるみがズラリと並んでいて、なかなか壮観だった。女の子はぬいぐるみが好きというが、あれだけ立派な棚があるのは稀だろう。

「でも、最初からぬいぐるみが好きだったわけじゃないんです。本当は、ペットが飼いたかったんです。犬とか猫とか。小さい頃は、白くてフワフワのウサギさんが飼いたかったんです。ピョンピョン跳ねるウサギさんと遊びたかったなぁ」

「そうなのか」

この話に何の意味があるのかわからない。単なる雑談だろうか。だが、なぜか首筋がチリチリする。

「ですが、普段はどんなお願いでも叶えてくれるお父さんとお母さんが、ペットだけはダメって許してくれませんでした」

「それは、なあ」

理由はすぐにわかった。千佳の両親はパティシエとパティシエールである。食品を扱う職業に就いているならば、衛生管理には細心の注意を払わなくてはならない。毛や糞などがどうしても出てしまう生き物を飼うのは、慎重になって当然だった。

『それで、ペットがダメだったから、代わりに動物のぬいぐるみを集めるようになったんです」

「ふぅん」

彼女の両親は娘を甘やかすばかりだと思っていたが、パティンエ・パティシエールとしてはきちんとしている。少しおっかないが、やはり一度きちんと話をしてみたい。

「――で、私考えたんです」

走るつらさを紛らわせるための雑談だと思いきや、続きがあった。

「生き物をペットにしようとしたから、お父さんたちはダメって言ったんだって。糞とか毛とか、やっぱり衛生的によくないですもんね。そういうのをお店に持ち込んだら、大変なことになっちゃいます」

「うん、まあ、そうだな」

「だったら、人間をペットにすればいいんじゃないでしょうか」

「……うん？」

ちょっと切ない思い出話が、急に不穏になってきた。

「人間だったら、トイレもお風呂もきちんとできますから、衛生的ですもんね」

「衛生的かもしれないけど、倫理的にアウトだろ」

「そうですか？　颯真さんに首輪付けたら、とっても似合うと思うんですけど」

「ちょっと待て！　今さらっととんでもないことを言いやがった！」

「何色の首輪が似合うかなぁ。赤？　青？　ううん、パステルカラーの方がいいかもしれませんね」

首筋がチリチリしていた原因が、わかってしまった。

「颯真さんに首輪とリードを付けてお散歩したら、楽しいでしょうねぇ」

「朗らかに想像するな！　ガチで恐怖する！」

ヤバイ。走らせすぎて、千佳が壊れてしまった。

「大丈夫です。飼うからには、きちんと責任を持って躾をしますから」

笑顔なのだが、こちらを見つめる目が明らかにヤバイ。

怖い怖い怖い！

颯真は首を隠しつつ、ギアを一段上げて逃げ始めた。

「あ、こら、ソーちゃん、ステイ！」

「すでにペットとしての名前を決めている⁉　さてはお前、ペット化の妄想、今が初めてじゃないな⁉」

「飼い主より先を走るなんてメでしょ！」

「誰が飼い主だ！」

悲鳴に近い声を上げながら、全力でダッシュする。

プランCに変更だ！

千佳をすぐそこの公園で休ませなければ、自分の身が危ない。


里見家から五キロちょっとしか離れていない公園に到着すると、千佳は色褪せた黄色いベンチにぐったりと倒れ込んでしまった。

「ヒィ、ハァ、ヒィ、ハァ……！」

大きく呼吸するたびに、形のいい胸が上下に揺れ動く。

「つ、疲れました……」

「予定の半分なんだけどな」

これでは消費カロリーも半分だ。

「私、充分頑張りました！」

「うん、まあ、そうだな」

頑張ったというか、おかしなテンションで無理矢理乗り切ったというか。

「とにかくお疲れ。ほら麦茶」

ランニングリュックから取り出した細身の水筒を手渡す。

「麦茶なんですかぁ？　スポーツドリンクがよかったんですけど」

「贅沢言うな。スポドリは糖分が多すぎる。いらないならいいけど」

「いりますいります。麦茶とっても飲みたいです！」

リュックに片づけるふりをすると、慌てて水筒を奪い取り、中身をゴクゴク飲み干した。

「もっとありませんか？」

「腹がダボダボになるからやめとけ。それより、間食だ」

「そちらも待っていました！」

颯真がタッパーを取り出すと、千佳は少しだけ元気を取り戻し、身を起こした。

「走った衝撃で折れていないといいんだけどな」

祈りながらそうっと蓋を開けたが、幸いなことに中身は崩れていなかった。中には、細長いスティック状のものが十本ほど入っている。

「ええと、細長いクッキーですか？」

タッパーを覗き込んで、千佳が見たままを言った。

「惜しい。少し違う。ちょっと見た目は悪いけど、プロテインバーだ」

市販されているものはレンガやブロックみたいにきちんと成形されているが、颯真のはグニャグニャに曲がっていて、直線なんて一本もない。

『オートミールとかプロテインパウダーとか色々混ぜ合わせて焼き固めたんだ。タンパク質多め、脂質や炭水化物は控えめになってる」

「へぇ……」

説明を聞きながら物珍しそうにプロテインバーをツンツンとつつく。

「こういうの初めて作ったから、味の加減とか全然わからなかったんだ。形を気にしている余裕もなかった。うまくできてるといいんだけど」

プロテインバーが今まで作ってきたお菓子と決定的に違う点は、『栄養に配慮しなくてはならない』ということだった。

プロテインバーには、低カロリーで手軽にタンパク質を摂取できるという役割が課せられている。どんなにおいしくても、脂質や炭水化物が多くて高カロリーでは、プロテインバーとしては失格だ。甘みが足りないからといって、安易に砂糖を足すなんてできない。おかげで、今までしたことがない苦労をしてしまった。

「プロテインバーってほとんど食べたことなかったし、自分で試食もしてはいるんだけど、これで成功なのかマジでわからなかった」

なので、全然自信がない。

「私も食べたことありません。お父さんたち、プロテインバーなんて作ってくれたことありませんし」

「そりゃそうだろうな」

プロテインバーは、パティシエ・パティシエールの領域とは違うエリアに位置するお菓子だ。

「今回は、率直な意見だけ聞かせてくれ。細かい分析はなしで、おいしいかおいしくないか、それだけで充分だ」

プロテインバーを一本摘まんで口元へ持っていくと、千佳はわかりましたと頷いてからパクリとかじりついた。

「ちょっとモソモソしますね。生地のまとまりが悪いっていうか。でも、食感は悪くありません。砕いたナッツが食べ応えを増幅させているから、満腹感も出ると思います。それから、自然な甘さが優しいですね。砂糖ではありません。これは……」

ベンチに座ったまま瞑目し、味覚に神経を集中させる。

「これは、カボチャですか？」

「当たり。さすがだな」

しっかり焼いたから、においはほとんど飛んでいるはずだが、見事に言い当てた。

「試食した時、甘さが足りないって感じたんだ。でも、砂糖を追加するわけにはいかないだろ。で、砂糖の代わりにカボチャの甘さをプラスしたらどうだろうって考えたんだ。野菜をお菓子の材料に使うってほとんどしたことないから、正直ビクビクモンだった」

カボチャには炭水化物も含まれているから、砂糖ほどではないが、カロリーは増えることとなった。だが、食物繊維やビタミンなども豊富に含んでいる。健康のことを考えるなら、こちらの方がいいのではと思ったのだ。

「では、これは市瀬颯真オリジナルのアイディアなんですね」

「後から調べたら、カボチャ入りのプロテインバーのレシピ、山ほど見つけたけどな」

カボチャを使ってみようと思い付いたのも、今月が十月で、ハロウィンが近かったというのが大きい。

「アレンジは俺には無理だなって悟ったよ。基本に忠実に作っている方が楽だな」

苦笑しながら、颯真もプロテインバーに手を伸ばす。

ほのかな甘みが心地いい。お菓子としては物足りないが、健康的な味がした。

「これがピクニックだったら、よかったんですけど」

二本目のプロテインバーをサクサクと食べながら、千佳が公園を見回した。

「この公園、初めて来たんですけど、結構綺麗なんですね。小さい頃から住んでいる市内でも、知らない場所行ったことがない場所ってたくさんあるんだなって痛感しました」

「じゃあ今度、公園巡りでもするか？」

「いいですね。一日で何ヵ所の公園を回れるかチャレンジしてみませんか？　昔のテレビ番組でそういうのありましたよね」

「ランニングで回るならいいけど」

「颯真さんのいじわるー」

「じゃあチャリで」

「自転車なら、まあ」

「百キロは走ろうな」

「太ももの筋肉おかしくなっちゃいますよ！　それとも、颯真さんって筋肉でパンパンになった太ももの方が好きなんですか？」

「太ももの話はもういいって」

うんざり顔をすると、千佳は楽しげに笑うのだった。

「さて、そろそろ帰るか」

お茶を飲んで、プロテインバーを食べて、しっかりと休憩した後、颯真はゆっくりとベンチから立ち上がった。

しかし千佳はお尻がベンチに張り付いたように、動こうとしない。

「もう走りたくないです」

「行きもなんだかんだでここまでノンストップで走れたんだから、大丈夫だって」

「もうあんなつらい思いしたくないんですよぅ」

「じゃあ、ウォーキング」

泣き言を言う千佳に妥協案を提示したが、それでも立とうとしなかった。

「歩くだけでも五キロって、結構きついです」

「どのみち帰らなくちゃいけないんだし、走るか歩くかのどっちかしか選びようがないだろ」

「右手を上げてヘイタクシー！　って方法もありますけど」

「ランニングに行ってタクシーで帰ったら、おばさんに呆れられるぞ」

観念して立ちやがれと命令すると、千佳は渋々といった感じで立ち上がりかけて――石像のように固まってしまった。

「千佳？」

奇妙な中腰での停止を訝しみ、名前を呼んだが、反応しない。

代わりに、再びベンチにペタンと腰を下ろしてしまう。

「おんぶ」

「は？」

「立とうとしたら全然疲れが取れていませんでした。一歩も歩けそうにありません。ですから、おんぶしてください」

まさしくおんぶをせがむ子供のように、両手を広げてみせる。

「急にどうしたんだよ」

今の今まで歩こうとしていたのに、突然駄々っ子になってしまった。

「とにかくおんぶしてください。おんぶしてくれないと、ここから動きません」

「この年でおんぶって、俺だけじゃなく、お前も恥ずかしいぞ。絶対にジロジロ見られるからな」

「私は恥ずかしくありません。だからおんぶしてください」

冗談かと思ったが、おんぶをせがむばかりで一向に立とうとしない。

……なんだかおかしい。

千佳は、おちょくる相手として最適な颯真には、ちょいちょいわがままを言う。だが、このように人の話を聞かずに一方的なわがままな要求をするのは、記憶にない。

丁寧に彼女を観察する。

そして、右足の踵が地面に着いていないのに気付いた。

「あ、ちょっと！」

抗議の声を無視して、新品のランニングシューズを脱がし、ソックスも脱がす。

「靴擦れか」

露わになった踵の皮膚が痛々しくベロンとめくれていた。自分が怪我したわけでもないのに、顔をしかめてしまう。

「つまんない駄々っ子のフリなんかせずに、素直に言えよ」

「……ごめんなさい」

咎めるように睨むと、千佳はしゅんとなってしまった。

「ちょっと待ってろ。どこかで絆創膏を買ってくる」

水筒や間食、タオルは準備していたが、絆創膏は用意していなかった。怪我を全く想定していなかったのは、颯真の落ち度だ。

反省しながらスマホで検索すると、十分ほど歩いたところにコンビニがあるようだった。

「そこで大人しくしてろよ。すぐに戻るから」

スマホが教えてくれたコンビニへ急ごうとする。

「ま、待ってください」

そんな颯真のジャージの裾を、千佳がギュッと握ってきた。そして、心細げな表情で見上げてくる。

「このあたり、本当に知らない場所なんです。そういうところにひとりぼっちっていうのは、寂しいっていうか、怖いっていうか……」

「だから、おんぶおんぶって言ってたのか」

まともに歩けない状態で見知らぬ場所に置いてけぼりにされれば、不安になるのも無理はない。そもそも、この少女は臆病である。だからこそ、颯真に見守る役なんて突飛なお願いをしてきたのだ。

事情を理解した颯真は背負っていたランニングリュックを体の前に回し、空いた背中を見せながら千佳の前でかがんだ。

「ほら」

「いいんですか？　恥ずかしいんでしょう？」

「千佳を泣かせてまで守るほどのプライドじゃない」

女の子をおんぶするなんて生まれて初めてだ。緊張するし恥ずかしい。知り合いに目撃されて、冷やかされたらどうしようとも思う。

だけど、そんなこと、千佳を悲しませていい理由にはならない。

「で、では、失礼します」

早くしろよと急かすと、千佳はおずおずと腕を伸ばし、自分の体を預けてきた。背中全体に彼女の存在を感じながら立ち上がる。

「よし、行くか。何かあったらすぐに言えよ」

はい、と小さく頷くのを聞いて、コンビニに向かって歩き出す。

「……なんか、不思議な感じだな。思ったよりドキドキしない」

「何か言いました？」

「いや、なんでもない」

恥ずかしくてドキドキするに決まっていると思っていた。読み聞かせの際に似たような体勢になったが、あの時はとんでもなく恥ずかしかった。

背中に押し当てられている胸のふくらみや、図らずも触ることになってしまった太ももの弾力、耳元をくすぐる吐息、茶色いフワフワの髪から香るシャンプーのにおい。

男子高校生をドキドキさせる材料がこれでもかと揃っている。

なのに、羞恥の感情も胸の高まりもない。

いや、厳密には心の奥底に生まれてはいる。しかし、それが表に出ないように強固な決意が蓋となって押さえつけている。

千佳を守らなくては、という強い決意が。

足を怪我して歩けない彼女を守れるのは自分だけだ。自分にしかできない。自分だけに与えられた役目だ。

お姫様を守る任を与えられた騎士のような高潔な使命感が、颯真を突き動かしている。

余計な気持ちや考えが入り込む余地など、一切なかった。

しばらくして、背中の千佳が申し訳なさそうに謝ってきた。

「あの、ごめんなさい。新しい靴は怪我しやすいって言われていたのに。その通りになってしまいました」

「謝るのは俺の方だ。無茶をさせ過ぎた」

ロクに運動をしていない人間に往復二十キロのランニングは法外な目標だった。走り慣れていない人間が急に走れば、靴擦れにもなってしまう。

「千佳に早く試食を再開してほしくて焦ってた。悪かった」

歩きながら、頭を下げる。

「そんなに私に試食してほしかったんですか？」

「当たり前だ。千佳が言ったんじゃないか。俺専属の試食係は自分だけだって」

「……そうでしたね」

怪我をしているのに、千佳は嬉しそうにふふふと笑った。

「ねえ颯真さん、今日は残念な結果になってしまいましたけど、体を動かすのは思ったほど嫌じゃなかったです。スポーツの秋って言いますし、また一緒に何かしましょうね」

「千佳がやりたいならいくらでも。何かしたいことあるか？」

颯真が尋ねると、千佳は首に回した腕にギュッと力を入れ直しながら、

「そうですねぇ。球技とか興味ありますけど、二人でできるのってあんまりないですよね。テニスとか卓球とかバトミントンとかでしょうか」

「卓球とバトミントンは小学生の時に児童館でやってたけど、テニスはないな。千佳はあるのか？」

「私も小学生の時に遊びでバトミントンをちょっとだけ」

「二人とも素人か。どれもラリーが続かないとゲームにならないから面白くないし、運動

にならないぞ」

「そう言われると確かに。そうなると、うーん、何がいいでしょう」

おぶわれている千佳が真剣に考え込む。

「野球、サッカー、バレーボール、バスケットボール、ドッジボール……」

「その中で二人でできそうなのは、バスケくらいかな」

市立のスポーツセンターでバスケットコートを借りたら、１ｏｎ１くらいはできるだろう。

「バスケットボールですか。あんまりやりたくないですねぇ」

自分で挙げたくせに、なぜか気が進まない様子を見せた。

「バスケ、嫌いなのか？」

「嫌いというか、痛いんです」

「痛い？　バスケって痛いようなことあったっけか」

格闘技やラグビー、アメフトならいざ知らず、バスケは選手同士のラフな接触はファウルとなるスポーツだ。

「バスケットってピョンピョンとジャンプしないといけないじゃないですか。あれ、おっぱいが揺れて痛いんです。それを防ぐためには、おっぱいをしっかりと固定しないといけないんですけど、それはそれできつくて痛くて」

「……この状況で、そういうことを言うなよ」

頬を赤くしながら注意する。

決意の蓋が、ガタゴトと動きそうになってしまった。

§§§§§§§§§§§§

颯真さんの背中って、こうなんだ。

おぶわれながら、千佳はそんなことを考えていた。

誰かにおんぶされる機会なんて、高校生にもなるとほぼないと言っていい。可愛がりまくる未希たちだって、おんぶまではしようとはしない。

最後におんぶされたのは、小学生の低学年にまで遡る。熱を出して病院に連れていかれる時に父におんぶされた記憶があった。

その時の記憶を紐解きながら、父の背中と颯真の背中は似ているようで違うなと感じていた。

大きくて、広くて、安心感は共通している。

だが、父の背中にはなかったものがある。

ずっとこうしていたいような、気恥ずかしくてすぐにでもやめてしまいたいような、相反する気持ちが生まれてくるのだ。

なんなんでしょう、これは。

背中から伝わってくる颯真の体温を感じながら、ぼんやりと考える。

「今日のプロテインバー、色々と欠点もあったけど、初めてにしてはまあまあだったと思わないか？」

コンビニに向かう道中、何かを誤魔化すように颯真が尋ねてきた。

「ええ、そうですね。次も期待しています」

「運動する時に食べるお菓子ってバリエーションないよなー。プロテインバー以外だと、栄養補給できるゼリーとかか？」

「そうですね。お菓子よりも軽食の方が適切な気がします。そうなると、私の出番でしょうか。おにぎりとか、サンドイッチとか」

「バナナもいいな」

「それは買って持ってくるだけなので、面白くないです。そうだ、バナナのフルーツサンドはどうでしょう。たっぷりの生クリームと一緒に挟んだらおいしいですよね」

「ダイエット目的の運動で、生クリームたっぷりはダメだろ。いや、おいしいけど」

益体もないことを話しながら、思考は巡る。だけど、答えは見つからなかった。

思った以上に難問だ。

誰かに聞いたらわかるかもしれない。お母さんとか未希に尋ねたら、あっさりと教えてくれるかもしれない。お父さんに聞くのも一つの方法だ。

だけど、この答えは千佳自身で見つけなければいけない気がする。

すぐには見つけられそうにない。少なくとも、コンビニに到着するまでの時間では無理そうだ。

「ねえ颯真さん、このまま私の家までおんぶしてくださいって頼んだら、どうします?」

おんぶの時間を引き伸ばしたい気持ちもあって、冗談めかして言ってみた。里見家まで五キロある。人一人おんぶしたままで歩ける距離ではない。

「千佳がしてほしいなら、別にいいけど」

だというのに、颯真はこともなげに了承した。

予想外の返答に驚き、ちょっと頑張って首を伸ばし、彼の横顔を見つめる。

冗談に冗談を返している雰囲気ではない。本気でそう思っている。そうする必要があれば、彼は躊躇いなくやってくれる。

――この顔だ。

喫茶店で試食係を頼まれた時にも、こんな表情を見た。

やるべきこと、やらなくてはならないことは、何が何でもやろうとする強固な意志。

己の信念を何が何でも貫き通そうとする心の強さ。

千佳には持ち得ないものを、彼は持っている。

彼のこんな顔を見たいから、自分が一緒にいるのかもしれない。

――トクン。

自分の心臓が脈打つのを感じた。

「ウソです。冗談です」

そんな心臓の鼓動を誤魔化すように、早口気味に頼みを撤回する。

「わざわざずっとおんぶをしなくても、タクシーを使えばいいじゃないですか。この状況だったら、さすがにお母さんも呆れませんよ」

「あ、そうか。その手があったか。さっき言ってたよな」

ド忘れしてたと颯真が照れ臭そうに笑う。その表情はあどけなく、可愛らしい。

本当に、不思議な人。

表情によって格好よくも可愛くも見える。見ていて飽きない。もっとたくさん見たいと思ってしまう。

「絆創膏さえ貼れば、自分で歩けるようになると思います。ですから、おんぶはコンビニまでで結構です」

颯真におんぶしてもらうのは気持ちがいい。心が落ち着く。

だけど、ずっとこのままはダメだ。

背中の上では、彼の顔を見るのが難しい。

彼の顔をよく見るためには、隣に立たなくては。

「そっか。大したことないならよかった」

颯真が安心したように笑い、千佳の体をよいしょと担ぎ直す。

そして、何かに気づいた。

「あー、千佳」

「はい、なんでしょう」

「やっぱり、お前少し重いな」

「え」

穏やかだった感情が一瞬で硬直してしまう。

「裏門から引き揚げたことがあるじゃないか。あの時と比べたら、ちょっと重い気がする。

うん、重い。絶対に重い。やっぱり、ダイエット頑張った方がいいな」

「台無しです！」

「は？　イタタタタ！」

とんでもなく失礼なことを言われて怒った千佳は、颯真の耳に噛みついてやった。

「やめろよバカ！　歯形ついたらどーすんだよ！　明日も学校あるんだぞ⁉」

「知りません！　ひどいことを言う颯真さんが悪いんです！」

「だって、本当に重いんだから仕方ないだろ！」

「まだ言いますか！」

痛がる颯真の顔も嫌いじゃない。

コンビニに到着するまでの間、千佳は存分に耳を噛み続けてやった。

第四章　情けないスコーン

「よしよし、いい感じだな」

冷蔵庫から取り出した生地を指で押して感触を確認する。理想の弾力が返って来て、颯真は満足げに頷いた。

小麦粉・砂糖・ベーキングパウダー・バターを混ぜ合わせて作った生地は、程よく引き締まっていた。それを三つに切り分け、そのままでプレーン、ココアパウダーを加えたブラウン、カボチャペーストを練り込んだオレンジの三色にする。

それを型抜きして天板に並べ、オーブンレンジに入れると、祈るような気持ちでスタートボタンを押し込んだ。

「頼むからうまく焼けてくれよー」

熱を発し始めたオーブンに向かって手を合わせる。

颯真のお菓子作りはいつだって真剣だ。手を抜いたり、いい加減に作ったりしたことはない。

だが、今日は、いつも以上にうまく焼けますようにと祈らずにはいられなかった。

なぜなら、このスコーンは、パティシエとパティシエールの口に入るのだ。


ランニングをした数日後、私の両親とお茶会をしましょう、と千佳が言い出した。

ずいぶん前に彼女が思いついたことで、以後ちょくちょくお茶会しましょうお茶会しましょうと誘ってきていたのだが、そのうちなとのらりくらりと断り続けていた。

当たり前だ。女友達の両親とお茶会なんて意味不明なシチュエーション、胃が痛くなる未来しか見えない。

しかし、とうとう逃げ場を失うことになってしまった。

「和久井さんのハロウィンパーティーに誘われた時、まんざらでもない顔をしていたのに、私のお茶会は断るんですか？」

と、全然笑っていない笑顔で詰め寄られてしまったのだ。

「まんざらでもない顔なんてしてしてないっての」

「和久井さんのハロウィンパーティーに誘われた時、まんざらでもない顔をしていたのに、私のお茶会は断るんですか？」

一切変化しない笑顔のまま、壊れたスピーカーのように同じ言葉を繰り返してくる。

「あの、千佳さん、顔が怖いんですけど」

「和久井さんのハロウィンパーティーに誘われた時、まんざらでもない顔をしていたのに、私のお茶会は断るんですか？」

「……わかりました。今度の日曜に、お茶会を開きましょう」

千佳の圧に屈した颯真は、小さくなりながら、そう言うしかなかった。

ものすごく気が重いイベントだが、利点がないわけでもない。

千佳の両親は、パティシエ・パティシエールだ。パティシエ志望の颯真にとっては、憧れの存在と言える。あれこれ話を聞かせてもらったり、自作したお菓子を試食してもらえたらと、前々から願っていたことではあった。

だから、半ば脅される形でお茶会に参加することになったが、次の日曜日に里見家で千佳と一緒にお菓子の盛り付けをしている時には、すっかり前向きな気持ちになっていた。

「よし、こんなもんかな。千佳、運んでくれ」

「はーい。お父さんお母さん、お待たせしましたー」

リビングルームで待っている両親に、千佳が銀色に輝くアフタヌーンティースタンドを得意げに掲げて見せる。

「あら素敵ねぇ」

千佳の母親が笑顔と共に、パチパチと拍手してくれた。

父親の方はむっつりと黙り込んで何も言わないが、関心はあるらしく、やや前のめりになってアフタヌーンティースタンドに並べられた洋菓子に視線を注いでいる。

アフタヌーンティースタンドはその名の通り、アフタヌーンティーを楽しむ際に使われる食器だ。銀色のお皿が三段の層を作っており、下段にはサンドイッチ、中段にはスコーン、上段には小さなカップに入ったヨーグルトムースが配置されていた。

「このサンドイッチは、私が作ったんです」

紅茶をティーポットからカップへ注ぎながら、千佳がちょっと得意そうに下段を指さす。

「ということは、このアフタヌーンティースタンドは、千佳と颯真君の合作ってことね。楽しみだわ」

「お二人のお口に合うといいのですが」

緊張しているな、と自覚しながら、颯真は千佳の隣の席に腰を下ろした。

これから始まるのはお茶会でもあり、颯真のお菓子の品評会でもあった。

娘に湯気が立ち上る紅茶のカップを置いてもらうと、千佳の父親がおもむろに口を開いた。

「マナーで言えば、下段のサンドイッチから食べるべきなのだが、ここはまず、市瀬君の作ったものから食べさせてもらおう」

夫が宣言すると、それまでニコニコしていた千佳の母親から笑顔がスッと消えた。

リビングルームの空気がピリピリしたものに置き換わるのを実感する。

「よろしくお願いします」

颯真が丁寧に頭を下げると、千佳の両親はアフタヌーンティースタンドに向かって手を伸ばした。

ジャムも付けずにスコーンを食べ、においを確認しながらヨーグルトムースを口に運んだ。

「…………」

「…………」

無言で食べ終えた後、娘が淹れてくれた紅茶を一口飲む。

それから、向かい側に座る颯真たちには聞き取れないボソボソ声で話し合い始めた。二人の表情は、千佳に向ける慈愛に満ちたものでも、颯真に向ける好奇のものでもない。極めて真剣で、鋭利な刃物を想起させる恐ろしさがあった。

これが、プロの顔なんだ……！

二人を見ているだけでヒリヒリしてきた。

緊張しきった面持ちで見守っていると、千佳の母親が何度か頷き、父親の方も頷き返した。そして、正面に顔を向ける。

「市瀬君」

「は、はい！」

名前を呼ばれた。それだけで全身の筋肉が吊りそうになってしまう。

「これから言うことは、あくまで我々の主観だ。他のパティシエが試食したら、また違う感想を口にするかもしれない。また、我々は高齢だ。古い考え方をしている。君には納得できないかもしれない。だから、これから言う感想を鵜呑みにしろと言うつもりはない。しかしその一方で、我々の三十年に及ぶ経験と知識を踏まえた感想であることも事実だ。そのことは、理解してほしい」

「わ、わかりました」

頷きながらつばを飲み込む。それだけでも重労働だった。

「では、夫婦を代表して、私が感想を述べよう」

父親が紅茶を一口含み、唇を湿らせた。

「君は、ひどく子供だな」

「子供……？」

賞賛でも酷評でもない。それどころか、味の評価でもない。とてもお菓子に対する感想とは思えない言葉を投げかけられて、戸惑ってしまう。

「ど、どういうことでしょうか。出来が拙いということでしょうか」

そうではない、と父親が首を振る。

「拙いというか、個性がない。具体性がない。どこを見ているかわからない。何を考えて作ったのかわからない。模倣ばかりで、それを自分のものに昇華させようという意識が感じられない。だから、子供と表現した」

千佳の父親が皿のふちを指ではじいた。チン、と硬質な音が鳴り響く。

「君の菓子は、味は悪くない。だが、特徴というものがない。個性がひどく薄く、人の心に残りにくい。小さな子供がホットケーキミックスでホットケーキを焼くだろう？　君のお菓子はそれの延長線上の代物だ。頑張って作りました、それだけだ。この菓子が、プロのパティシエが作る菓子につながっていくとは想像できない」

「味には問題ないのでしょう？　だったら、それでいいじゃないですか」

思わず、反論してしまう。

どうやら非難されているらしい。だが、何を非難されているのかわからない。

「味がいいだけの菓子なら機械でも作れる。精神論に聞こえるかもしれないが、パティシエの菓子は、それにさらなる何かが入ったものなのだよ」

「何か……？」

「娘に聞いたところによると、君は小学生の頃から『パティシエになりたい』という夢を持ち続け、その夢に向かって努力を重ねてきたそうだな」

「そうです。それの何が悪いんですか」

颯真の声には少し苛立ちが含まれていた。ひどく漠然としたあやふやな理由で一生懸命作った菓子をひどく言われるのは我慢できない。

対する千佳の父親の口調は、淡々としたものだった。

「それ自体は悪くない。立派なことだ。問題なのは、そこでストップしていることだ」

彼の目が鋭くなる。

「言い当ててみせよう。君は未来の自分の姿を思い描けと言われたら、白いコックコートを着て、厨房に立つ自分の姿しか想像できない」

「当たり前です。パティシエはみんなあの服を着ているじゃないですか」

「そういうことではない。全然足りていないのだ。未来の君はどこの厨房に立っている？　自分の店か？　他人の店か？　ホテルか？　日本か？　海外か？」

「そこで何を作っている？　そこの厨房にはどういった経緯で立つことになった？　その時の君はどんな技術を習得している？　役職は何だ？」

「そ、それは……」

矢継ぎ早な質問に言葉が詰まる。そんなこと、考えたこともなかった。

「一口にパティシエと言っても、様々な働き方がある。創作スイーツを次々と生み出すパティシエもいれば、ホテルで多くのお客のために同じスイーツを作り続けるパティシエもいる。世界を飛び回るパティシエもいれば、町の片隅で小さな店を経営するパティシエもいる。君は、どんなパティシエになるつもりだ？」

「ど、どんなって……その……そんなの……」

答えられるはずがない。

颯真の夢は『パティシエになること』。それだけだ。

「パティシエという職業は、なるのは難しい職業ではない。医師や弁護士のように難関試験に合格しなくてはいけないわけでも、プロ野球選手や歌手のように抜きん出た才能が必要なわけでもない。それなりの手先の器用さと、レシピを記憶できる頭があれば、一応なることはできる。君も、今まで通り頑張り続ければなれるだろう。だが、そこまでだ」

「ど、どこ……？」

プロのパティシエから、パティシエになれると太鼓判を押された。だが、これほど悲しい太鼓判があるだろうか。

「パティシエは、いや、他の仕事もそうだが、就くことがゴールではない。スタートなのだ。そこから先の長い道のりを歩き続けることが本番だ。君はそこを見誤っている。君のようにパティシエになった後の自分を考えていない者は、必ず挫折する。挫折しなかったとしても、パティシエになっただけの『情けないパティシエ』にしかなれない」

「お、お父さん、そこまでひどいことを言わなくてもいいじゃないですか」

あまりの言いように、娘が思わず口を挟んだ。

だが、それを母親が厳しい口調で窘める。

「千佳、いけません」

「でも」

「ダメなものはダメです。素人のあなたに口出しする権利はありません。私も、お父さんの言っていることは正しいと思っています。考えていない今の颯真君では、必ず躓きます。もう高校生なんです。大人の考えをしなくてはいけない頃です」

今までこんな表情を見たことがないのだろう。千佳は母親を恐ろしいものを見るような目で見つめ、言葉を飲み込んでしまった。

　父親が続ける。

「繰り返しになるが、君は子供だ。子供の頃の夢を大事に抱え過ぎた。夢を、将来の進路にアップデートしなさい。どんなパティシエになりたいのか、どんなパティシエになれるのか、地に足のついた考えを持つようにしなさい。いい加減、そういうことをしなくてはならない年のはずだ」

「…………」

　沈黙を返すしかなかった。千佳の父親が言う通り、お菓子を作り続けるばかりで具体的なことを考えたことなど一度もなかった。

「夢を叶えるには、努力だけではダメなのだよ。考えなさい」

　それは、どんな酷評よりもきつい言葉だった。まさしく、努力だけをしてきたのが颯真だった。それでいいと思っていた。

『ずっと努力し続けるなんてなかなかできることじゃないぞ』

『夢に向かって頑張り続けてすごいな』

　みんなそう言ってくれた。

《努力は自分を裏切らない》

　そんなありがちなお題目を胸に抱え、がむしゃらにやってきた。

だが、ここに来て、それではダメだとプロに言われてしまった。

考える……？

何をどう考えればいいのだろうか。今までしたことがないことをいきなりしろと言われたって、できるはずがない。

歩いていた一本道が突如消え失せ、真っ暗闇の中に放り出されたようだった。

「どうすれば……？」

そう呟くことしかできない。

わからない。何も見えない。今までの自分を全否定されたようで絶望する。

「…………」

千佳はしばらくそんな颯真を見つめていたが、やがて何かを決意したような表情で父親に顔を向けた。

「お父さんお父さん」

「なんだ千佳。苦情は一切受け付けない。以前言ったはずだ。心が折れても責任は取らないと。この程度で折れる心ならば、遅かれ早かれ折れてしまう。ならば、今のうちの折ってやるのも優しさだ」

父親は冷たく言い放ったが、娘はにっこりと笑い返した。

「見ていてください」

それだけ告げて、体ごと颯真の方へ向き直る。そして、腕をツンとつついた。

「ねえねえ颯真さん、どうして落ち込んでいるんですか？」

正直、返事をするのも億劫だった。だが、返事をしなければ、永遠につついてきそうだったので、渋々口を開く。

「たった今、プロにボロクソに言われたんだぞ。お前の菓子は子供が作る菓子みたいだ、全然考えていない、『情けないパティシエ』になるって。ヘコまない方がどうかしている」

「確かにひどいこと言いましたよね。でも、気にする必要ないと思いますよ。だって言ったの、ポッと出のお父さんですから」

「ポ、ポッと出……!?」

いきなりけなされて父親がショックを受けるが、千佳は構わず続けた。

「私は、颯真さんのお菓子、とってもおいしいと思っています。子供のお菓子なんてとんでもないです。上達したいって熱意とやる気が込められています」

明るい笑顔で励ましてくれる。

その気持ちはありがたいが、今の颯真には笑顔を返すだけの元気はなかった。俯きながら力なく言う。

「だけど、プロが言ったんだぞ」

「あれあれ？　私よりお父さんの言葉を信じるんですか？　私以上の存在はいないとか、出会いに運命を感じたとか言ってたくせに」

「それは……」

口ごもると、千佳は両親に尋ねた。

「お父さんたちも思いませんか？　二人よりも、私の方が味覚は上だって」

「それはそうかもしれん。だが――」

「そうね、あなたは私の感覚の鋭さを引き継いでいるし、おいしいお菓子がいつでも食べられる環境で育ったわ。食事にも気を使った。私たちより、はるかに味覚は上でしょうね」

「か、母さん、はるかにはいくらなんでも言い過ぎでは……」

娘だけでなく、妻にも悪く言われて悲しそうな顔をする父親を横目に、ね？　と千佳が得意そうに胸を張った。

「そんな私が断言します。颯真さんのお菓子はとってもおいしいです。そりゃあもちろん、完璧ではありません。まだまだ発展途上です。でも、これから絶対にもっとおいしいお菓子を作れます。そして、『情けないパティシエ』じゃないパティシエになれます！」

「……本当にそうか？」

暗い声で尋ねる。

自分が伸び悩んでいると、颯真は前々から自覚していた。だからこそ、クラスメイトの女子に専属の試食係を頼むなんて滅茶苦茶なことをしたのだ。千佳に試食してもらうようになり、洋菓子に対する理解度が深まり、また上達するようになったと思い込んでいた。だが、自信があった洋菓子を酷評されてしまった。

今まで考えることをしてこなかった自分の腕前がこれから上がるかどうか、自信がない。すっかり自信喪失し、沈んだ表情の颯真を見て、千佳はなぜか嬉しそうに笑った。

「この間、私が将来の目標が見つからないって話をしたの、覚えてます？」

「……そりゃ、まあ」

ほんの数週間前のことだ。さすがに覚えている。

「あの時、私の目標が見つかるまでずっと側で見守ってくれるって約束してくれました。あれ、すごく嬉しかったんです。心強くて、これから先何があっても颯真さんがいてくれるなら大丈夫って思えちゃいました。でも、その反面、悔しくもあったんです」

「悔しい？」

「二対一になってしまったからです」

千佳が右手で二本指を立て、左手で一本指を立てる。

「私と颯真さんはお互いの目的のために協力し合う、対等な関係のはずです。ですが、私の目標を見つけるまで見守るって項目が増えたら、颯真さんがやることは二つになってしまいました。これでは対等とは言えません」

指をギュッと握り込み、ヨーグルトムースを手に取った。

「はい、あーん」

何も考えずにパクリと食べる。爽やかでなめらかな甘みが、沈んだ心を優しく撫でてくれた。

「私は、颯真さんと対等でいたいんです」

食べ終わると、スプーンとムースのカップを手渡される。

今度は颯真が千佳に食べさせてやった。

「うん、おいしいです」

千佳は幸せそうに微笑んだ。

「私は、颯真さんに食べさせてもらいたいですし、食べさせてあげたいです。ですから、颯真さんがなりたいパティシエを見つけるまで、側にいます」

右手で二本、左手でも二本、指を立てる。

「見つからないかもしれないんだぞ？」

見つけ出す自信が全くない颯真が言うと、千佳は面白そうに笑った。

「それ、同じことを私も言いましたよ。そして、颯真さんは言いました。見つかるまで付き合うって。でも、颯真さんはきっと自分なりのパティシエを見つけます」

「根拠は？」

自分でも意地悪な質問だと思った。

だけど、千佳はいたずらっぽくウインクしてみせた。

「なぜなら、最強の試食係が颯真さんの傍にいるからです。これほど頼りになる指針は他にはないじゃないですか。見つかるに決まってます」

力強い言葉と共に、両手をギュッと握ってきた。優しいぬくもりがじわりと伝わる。

不思議だ。

まっすぐ見つめてくる千佳の瞳を見つめ返しながら、颯真は思った。

千佳の父親はプロで、千佳はアマチュア。どちらに説得力があるかといえば、間違いなく千佳の父親の方だ。だけど、言葉に力があるのは、千佳の方だった。自分に都合のいい方を選んでいるだけかもしれない。だけど、それだけではない気がする。千佳の言葉には、真っ暗闇を簡単に吹き飛ばし、未来への道を指し示してくれる強烈な光のような力と熱があった。

「協力関係の項目に一個追加だ。『俺がどんなパティシエになりたいか探すのを千佳も手伝う』。いいか？」

「はい、もちろん！」

千佳は笑顔で思い切り頷いた。

「お互い、頑張りましょうね。まあ、私の方が先に見つけちゃいそうな気がしますけど」

「バカ言うな。少なくともパティシエって夢が固まっている俺の方が見つけやすいんだ。俺が先に見つけるに決まってる」

「そうです？　なんだか、颯真さんの方がグチャグチャ考え込んじゃって、なかなか見つけられなさそうです。現に、今もそんな感じでしたし」

早くも勝ち誇った顔をするのがカチンときた。

「そこまで言うなら勝負しようぜ。どっちが先に目標を見つけられるか、競争だ」

「いいですよー。では、負けた方は勝った方の命令を一つ聞くことにしましょう」

「め、命令？」

「楽しみだなぁ。あ、颯真さん用の檻、あらかじめ注文しておこうかな」

「人権を無視するような命令はマジでやめてくれ」

「やだなぁ。冗談ですってば」

「千佳が言うと、全然冗談に聞こえないんだよ」

手を握り合ったまま颯真と千佳がくだらないことを言っていると、パティシエから親の顔に戻った千佳の父親が、釈然としないというように首を捻った。

「見込みがありそうな若者に、厳しめの激励を送ってやっただけなのに、私は一体何を見させられているのだろうか」

すると、千佳の母親は口元を手で隠しながらくすりと笑った。

「さあ、なんなんでしょうね」

「業界に触れた経験がないだろうから、今のうちにプロの厳しさを教えておいた方が覚悟が決まると思い、あえてきついことを言ったのだが、間違っていただろうか」

「いいえ、あなたは間違っていませんよ。私も言うべきだったと思っています。最近の若い人は心が弱い子が多いですから」

「そうだろう？　それなのに、その結果、大切な愛娘が男と手を握り合って、将来を誓い合うようなことを言う光景を見る羽目になっているのだが。これは一体何の罰なんだ？」

「娘が誰かを励まし、力になろうとしているんですから、いいじゃないですか。誰かの力になれる人間に成長しているって素晴らしいことですよ。私は、娘の成長を感じられて喜ばしく思っています。颯真君も、千佳のおかげで心折れることなく、これからも頑張り続けるでしょう。いいことづくめじゃないですか」

妻が宥めようとするが、夫はどうしても納得がいかない。

「私には、二人がイチャついているようにしか見えないのだが。まさかこの二人、いつもこんなことをしているのではないだろうな」

夫が首を傾げると、妻はまた笑った。

「私たちだって若い頃は、こんなことたくさんしたじゃないですか」

「……そうだったかな。ずいぶん昔のことだから、忘れてしまったよ」

「まあ、私の場合、こんな程度では済まさなかったですけどね。あなたが風邪を引いた時なんか――」

「ストップだ先輩！　自分の娘が、あの時の先輩と同じことをいつかしでかすんじゃないかと戦々恐々しているんだ、私は！」

「なんだ、覚えているんじゃないですか」

「そ、それは、さすがにあの時のことは忘れたくても忘れられないというか……」

「先輩って、懐かしい呼び方ねぇ。あの頃を思い出すわ」

老夫婦は老夫婦で何やら騒がしかったが、見つめ合っている颯真と千佳の耳には、全然入ってこなかった。

颯真の菓子の試食が終わった後は、本来の目的である和やかなお茶会となった。

正直なところ、落ち込んだり将来について真剣に思い悩んだりした颯真は、そのきっかけを与えた人たちと談笑する気分にはなれなかった。早々にお暇しようと思っていた。

しかし、千佳の母親が矢継ぎ早に質問を投げかけてくるせいで、すっかり帰る機を逃してしまった。

「颯真君は女の子たちによくお菓子を振る舞っているそうね。女の子たちの間では、人気者なんじゃないかしら？」

「俺がですか？　まさか。お菓子をタダでばらまく便利な道具くらいにしか思われてませんよ」

「そうかしら？　女の子の真意なんてなかなか見えないものよ。お菓子を口実に言い寄ってくる子とかいないのかしら」

「いるわけないですよ、そんな奇特な奴」

笑顔なのに、なぜか恐怖を感じてしまう。

どうしてこんなことを聞いてくるのだろうと心の中で首を捻っていると、娘が横から割って入ってきた。

「でもでも、和久井さんにハロウィンパーティーに誘われていたじゃないですか」

「お前、またその話を引っ張り出すのかよ。いい加減しつっこいぞ」

「だあって、あの後和久井さん、本当にハロウィンパーティーの計画立ててましたもん」

「そりゃハロウィンパーティーくらいはやるだろ。でも、そこに俺が招待されるなんてあり得ない話だっての」

和久井という女子はいわゆる陽キャで、クラスの誰とでも分け隔てなく接するタイプだ。だが、だからといって、教室でたまに話す程度の男子をホイホイとパーティーに誘う軽さもない。

ねっとりと絡みついてくる千佳の視線に辟易していると、黙々と紅茶を飲んでいる夫に、妻が話を振った。

「そういえばあなた、ハロウィンパーティーといえば、この間そんな話がありましたよね」

「ん？　ああ、町内会長に頼まれた話か。申し訳ないが、断るつもりだ。ハロウィンは繁忙期だからな。しばらくはこまめに店に顔を出さなくてはならない」

「あの話、颯真君に任せたらどうかしら」

「あの話を？　……そうか、悪くないな。いい経験になるかもしれん」

　二人で話を進める老夫婦の向かい側で、何の話だ？　と千佳に目で尋ねてみる。だが、彼女も知らないようで、プルプルと首を振るだけだった。

　妻と話し終えた千佳の父親が、颯真に顔を向けた。

「今月末にハロウィンがあるのは、当然市瀬君も知っているだろう。日本でもかなりの市民権を得て、我々パティシエにとっても大事なイベントとなっている」

「はい、それくらいはわかります」

　洋菓子業界にとって、ハロウィンはクリスマスやバレンタインに匹敵する重要なイベントだ。

「実は先日、うちの町内会の会長から相談があった。ハロウィンの日に、子供会でお菓子を配るのだが、市販のお菓子をあげるのでは味気ない。せっかくだから、子供たちのためにお菓子を作ってくれないか、とな。だが、私も妻も仕事で忙しい。断ろうと思っていたのだが、君にやる気があるのなら、代わりにやってみないか？」

「俺が？　いいんですか？」

　思いがけない提案に目を丸くすると、千佳の父親は残っていたココアのスコーンに手を伸ばし、イチゴジャムをたっぷり載せて食べ始めた。

「いいか悪いか、成功するか失敗するか、何を得て何を失うかは、君次第だ。私は君の師匠でも何でもない。責任を取るつもりはないし、何かを保証するつもりもない。あくまで、偶然転がっていた経験の場を提供するだけだ」

「俺が、子供たちに……」

己の手を見つめ、熟考する。

散々ダメ出しされた直後のことだ。自信なんてない。恐怖さえ感じる。もしも、プロでも何でもない子供たちに酷評されたら、今度こそ完全に心が折れてしまうかもしれない。

だけど、これはチャンスでもある。

今まで子供たちに自分のお菓子を食べてもらった経験はない。何かを掴むきっかけになるかもしれない。

「やります。やらせてくれませんか」

きっぱりと言い、頭を下げて頼み込む。

颯真の力強い返事に、千佳の父親は満足そうに頷いた。

「わかった。今から電話で会長と相談してみよう」

「あの、お父さん」

席を立とうとした父親を、やり取りを見守るだけだった千佳が手を上げて引き留める。

「子供会でお菓子を配るってどういうことでしょうか。私が小さい頃は、仮装してハロウィンパーティーをしていたんですけど」

「昨今は子供会の行事はどんどん縮小されている。子供の数も減っていて、今年は五人しかいないらしい。そうなると、当然子供会の予算も少なくなるし、保護者が務める役員一人当たりの負担も大きくなる。だから、ここ数年はお菓子を配るだけになっているようだ」

「そんな……。ハロウィンパーティー、楽しかった思い出があるんですけど」

父親の説明に千佳が残念そうな声を上げた。

「気持ちはわかるが、お菓子を配るだけまだマシだ。来年には子供会そのものがなくなる予定らしい」

「そうなんですか。そんなことになっていたんですね……」

そう呟いた千佳は、眉間にしわを刻みながら、何かを考え込み始めた。

その向かい側で、彼女の母親が懐かしそうに顔をほころばせる。

「小さい時にハロウィンで天使の恰好をした千佳、ものすごく可愛かったわねぇ。真っ白で、フワフワで、我が娘ながら本物の天使なんじゃないかって思ったものだわ」

今も『安らぎの天使』なんてあだ名を付けられているが、幼い頃からその片鱗を見せていたようだ。もっとも、千佳の本性をこれでもかと見せられている颯真は、彼女を天使だなんて微塵も思わないが。

「颯真君、写真を見せてあげましょうか？」

「いえ、結構です。遠慮しておきます」

だから、千佳の母親がアルバムを持ってこようとしても、丁重にお断りした。

残念そうな母親が浮かした腰を椅子に戻した時、千佳が顔を上げて父親に目を向けた。

「お父さん、その子供会のハロウィン、私がパーティーにしてはいけませんか？」

「なんだと？」

父親も驚いたが、隣の颯真も驚いた。

目を丸くしながら、思いもよらぬことを言い出した彼女を見つめる。

「せっかくのハロウィンなのに、ただお菓子をもらって終わりなんて寂しいじゃないですか。それでは子供たちもガッカリしてしまいます。大したことはできないかもしれませんが、せめてパーティーという形にはしてあげたいなって」

「千佳、本気で言っているのか？」

「もちろんです。私、冗談でこういうことは言いません」

「それはそうだろうが……」

千佳の父親が、ちらと妻の方を見る。

彼女は穏やかな笑みを湛えたまま、ゆっくりと頷いた。

それだけで妻の意図を汲み取った夫は、少し待ってなさいと言い残し、電話のために廊下に向かった。

「町内会長に許可をもらった。二人とも頑張りなさい」

十分後、戻ってきた父親は娘とその友人に告げた。

「ありがとう！　お父さん!!」

「チャンスをくれて、ありがとうございます」

千佳は無邪気に喜び、颯真は深々と頭を下げた。

「ただし、私たちは一切手伝わない。町内会や子供会の役員も手伝わない。自分の力だけで何とかするように。それから、予算もごくごく少額だ。オーバーすることはもちろんダメだが、身銭を切ることも許さない。それで誤魔化したとしても、成功とは言えないからだ。いいね？」

「はい、わかりました」

「颯真さん、一緒に頑張りましょうね！」

元気いっぱいの千佳の言葉に、颯真は力強く頷き返した。

§§§§§§§§§§§§

「――なんであんなことを言い出したんだ？」

お茶会が終わり、帰る颯真を見送ろうとすると、玄関先でそんなことを尋ねられた。

「意外でした？」

「そうだな。ちょっとビックリした」

それはそうかもしれない。今まで千佳が挑戦してきたことは、服を買いに行くとかピクニックを計画するとかお弁当を作るとか、千佳と颯真の二人で完結することばかりだった。

だが、ハロウィンパーティーは違う。子供たちが参加する。今までのやりたいことより、一回り規模が大きい。

「そんなにハロウィンは好きなのか？」

的外れな推測を、笑いながら否定する。

「違いますよ。両親に言った通り、子供会のハロウィンパーティーには楽しかった思い出はありますけど、それだけでやる気になるほど大事な思い出というわけではありません」

「じゃあ、どうして」

「わからないです?」

下から見上げると、颯真は困り切った顔になった。本当にわからないらしい。

ちょっと不服なので、胸をツンツンとつついてやる。

「それはもちろん、颯真さんが理由に決まっているじゃないですか」

「俺?」

颯真が意外そうに目を丸くする。

「あなたが頑張るなら、私も頑張りたいんです」

「なんだそりゃ」

颯真が子供会のハロウィンパーティーのためにお菓子を作る。すごいことだ。頑張ってほしい。全力で応援したい。

——だけど、それだけでいいのだろうか?

当初の予定では、颯真が作ったお菓子を子供たちにプレゼントして終わりだった。その際に千佳ができることと言えば、子供たちにお菓子を手渡すことだけだ。

颯真は頑張っておいしいお菓子を作り、自分はお菓子を手渡すだけ。

努力が釣り合っていない。

想像するだけで、悔しくなった。

颯真は今自信を無くしていて、うまく作れるかどうか不安に思っている。だけど、必ず子供たちを喜ばせるお菓子を作ると千佳は確信している。そうなれば、いつか今年のハロウィンの思い出話をする時、彼は満足げな顔をするだろう。

そしてその時、お菓子を手渡しただけの自分はどんな顔をできるだろうか。

『颯真さんは頑張ってましたよね』

それしか言えない未来なんて、嫌だ。

『あの時、二人とも頑張りましたよね！』

笑顔でそう言いたかった。

だから、自分も頑張れることを探し、ハロウィンパーティーを開きたいと言い出した。

颯真の隣に並び立つために。

「ねえ颯真さん。お互い、頑張りましょうね」

つつくのをやめ、手を掲げてみせる。

「そうだな。子供たちが大満足するハロウィンパーティーにしてやろうぜ」

意図を組んだ颯真が手を威勢よく叩いてくれた。

パシッと小気味いい音が、鳴り響いた。

第五章　Happy Halloween!

六時間目の授業が終わるや否や、颯真が教室を出ようとすると、長身の女子生徒が戸口の前に立ちふさがって行く手を妨害してきた。

「最近、つまらないんだけど」

「なんだよいきなり」

未希が憮然とした表情で睨んでくる。元々目付きが鋭いのがさらに鋭利になっていて、なかなかにおっかない。

「ここ数日、アンタと千佳、全然一緒にいるところを見ないじゃない。どうなってんの？」

「お互い、やることがあるんだよ」

「何よそれ。おかしなことじゃないでしょうね」

「千佳から何も聞いていないのか？　あいつの家でお茶会があったんだ。その時にな――」

と、この前里見家であったことをざっと説明してやる。

説明を聞き終えた未希は軽く驚き、へぇと声を上げた。

「ハロウィンパーティーねぇ。千佳の町内会ではそんなのあったんだ。ワタシのところではなかったなぁ」

「俺んところもなかった」

　千佳の父親も言っていたが、イベントは金がかかるし、準備する役員も大変だ。無理にやらなくていいイベントはスルーしたいのが、子供会の役員を務める親たちの偽らざる本音だろう。

「だけど、千佳は子供たちにパーティーを開いてあげたいんだとさ。俺もハロウィンの菓子を作って子供たちに食べてもらうのはいい経験になるし、頑張ろうと思ってる」

　教室内をグルリと見回すと、既に千佳の姿は見当たらなかった。

「それにしても市瀬、あの両親とお茶会なんてすごいじゃない。もう親公認の仲ね」

「断じて違う」

　またつまらないことを言い出したと顔をしかめるが、目をキラキラさせ始めた未希は止まらない。

「次はあれね、親にきちんと許可をもらって温泉旅行に行くイベントが発生するわね」

「なんだそりゃ。旅行行くのに、わざわざ親の許可取るのかよ。めんどくさ」

「知らないの？　最近のラブコメじゃよくあるわよ。僕たち健全でプラトニックに付き合ってますから、旅行に行かせてください！　でも、湯上がり浴衣姿で色っぽい彼女を見ているうちに、理性と欲望がせめぎ合って、ああ、僕は一体どうしたら……ってやつ」

身振り手振りを交えて説明してくるが、白い目を向けるしかなかった。あまりにくだらないし、あまりにあり得ない。

「しょーもな」

それしか感想が出てこなかった。

「あり得なくないわよ。マジでそういう展開多いんだから。ワタシ、漫画で五回は見たわ」

「漫画の出来事と俺らを一緒くたにすんな。それに、もし仮に旅行に行きたくなったら俺なら勝手に行く。いちいち親の許可なんか取るわけがない」

「ということは、プラトニックじゃなくて、ヤルことヤッちゃうわけ⁉　市瀬ってば大胆！」

「バーカ」

勝手に興奮し出した未希を放置し、さっさと家に帰ることにした。

颯真と千佳におかしな楽しみを見出すようになった彼女に付き合っていたら、時間がいくらあっても足りやしない。

千佳の父親に『情けないパティシエ』にしかなれないと言われた時、ものすごくショックを受けたが、心のどこかで安堵（あんど）している自分がいた。

形はどうあれ、パティシエになれる保証を得たのだ。嬉しくないと言えばウソになった。パティシエになれるなら、それで充分（じゅうぶん）じゃないか？　と問いかけてくる自分がいた。パティシエになりさえすれば、子供の頃（ころ）の夢は叶えたことになる。胸を張っていいだろう。

その一方で、『情けないパティシエ』なんかで満足できるのか？　と問いかけてくる自分もいた。

今まで散々努力してきたのに、その結果が『情けないパティシエ』？　みっともなくて格好悪すぎだ。そんな結果、受け入れられるはずがない、と。

どちらも本心だった。

颯真の中に、どんなパティシエになりたいか具体的なヴィジョンはない。だが、自分が納得（なっとく）できるパティシエにはなりたかった。適当で済ませていいほど軽い夢のつもりはない。

道が見えないなら、見えないなりに頑張っていこうと、決意した。

そうでなければ、あの子に――。

「……あの子？」

そこまで考えて、首を捻る。

あの子とは、いったい誰のことだろう？

学校から自宅への道すがら考えてみたが、一体誰を指しているのか、自分でもよくわからない。

妙に引っかかったが、帰宅して制服の上からエプロンを着けると、頭の中は目の前のハロウィンでいっぱいになり、『あの子』のことは早々に忘れてしまった。

「ハロウィンといえば、やっぱりカボチャだよな」

冷蔵庫から取り出したカボチャをポンポンと叩く。

『情けないパティシエ』にはならないと決めた颯真は、ハロウィンパーティーのお菓子を作るにあたり、自分で課題を設けることにした。

文句なしにハロウィンらしいお菓子を作ろう、と。

味も見た目も材料もハロウィンらしく、子供が喜ぶお菓子。一角のパティシエになれば、それくらいのお菓子は当然のように作るはずだ。ならば、自分もそこを目指そう。そう考えたのだ。

そんな颯真が真っ先に思いついたのが、カボチャを使ったスイーツだった。

子供が喜ぶお菓子はいくらでも作れるし、見た目もお化けやコウモリ、ジャックオーランタンを象れば、それで充分ハロウィンっぽくなる。

問題は、味だった。

実際のところ、ハロウィンといえば？　と聞かれて、即答できるお菓子はない。クリスマスならばイチゴのショートケーキやブッシュドノエル、バレンタインならばチョコレートが真っ先に思い浮かぶ。だが、ハロウィンでは、クッキー、プリン、チョコレート、キャンディー、ケーキ、なんでもありだ。誰もが納得するハロウィンスイーツナンバーワンは存在しない。

そんな中、唯一思い浮かぶのは、カボチャを使ったお菓子だろう。ハロウィンといえばジャックオーランタンが思い浮かぶし、カボチャを使ったお菓子を目にする機会が多いのは圧倒的にハロウィンの期間中だ。

とはいえ、カボチャを使ったスイーツ、という括りはあまりに幅が広い。

「色々作ってみて、一番喜ばれそうなのを選ぶ、だよな」

まずは、定番のカボチャのプリンを作ることにした。

作り慣れたプリン液にペースト状にしたカボチャを混ぜ合わせ、プリン型に流し込む。それを百五十度に予熱しておいたオーブンレンジで湯煎焼きにする。

「最後に皮で顔を作って、と」

余った皮を三角形やギザギザにカットして、顔に見えるように飾ると、いかにもハロウインなプリンが出来上がった。

粗熱が取れたところで、一つ試食してみる。

「うん、まあ、こんなもんじゃないかな」

なかなかの出来だ。程よい甘みの中にカボチャの風味がバランスよく利いていて、プリンとしてもハロウィンスイーツとしても合格点を与えていいだろう。

だが、これはあくまで製作者の感想だ。

自分で作ったものには、どうしてもバイアスがかかってしまう。ここはやはり第三者の、それも、確かな舌を持った人間の意見を聞きたい。

窓の外に目を向けると、空はとっくに漆黒に染まっていた。十月に入り、日の入りがずいぶん早くなっている。

「ん～～……！　ダメだ。やっぱり今日中に感想を聞きたい」

明日高校に持って行って試食してもらうべきだが、明日まで待っていられなかった。

スマホを取り出し、千佳に電話をかける。

『はい、もしもし。颯真さん、どうかされました？』

十数度コール音が鳴ってから、穏やかな千佳の声がスマホから聞こえてきた。

「夜に悪いな。カボチャのプリンを作ったんだけど、試食してくれないか？」

『ええと、今からですか？』

「そっちがよければ、これからチャリで持っていく」

『私は構いませんけど……』

「助かる。じゃあ、一時間くらいでそっちに行くから」

ちゃっちゃとアポイントを取り、手早く用意を済ませて家を出る。両親は共に残業なので、夜間外出を咎める人間は誰もいない。

里見家を訪れるのは、これで四度目だ。なんだかんだで、週一くらいの頻度で訪れている気がする。

いい加減道順は覚えたので、夜間でも迷うことはなく、全力で自転車のペダルを漕ぐことができた。

「早かったですね。まだ三十分ちょっとですよ」

里見家に到着すると、千佳が目を丸くしながら出迎えてくれた。

「千佳に早く食べてもらいたくてな」

ライトイエローのスイーツバッグから、まだほのかに温かいカボチャのプリンとスプーンを取り出し、手渡す。

「玄関で食べるんですか？　せっかくですから、上がってくださってもいいのに」

「いいよ。千佳の感想聞いたら、次の菓子を試作したいし」

「はあ。それでは……」

サンダル履きの千佳は、行儀の悪い立食に少し難色を示したが、急かすと、オレンジ色がかったプリンを口に運んでくれた。

「大前提として、味はよくできています」

プリンを食べた後、まず誉め言葉を口にした。

「マジでか？」

お茶会以降自信がぐらついている颯真には、その誉め言葉は何よりも嬉しいものだった。

「カボチャをしっかりと裏漉ししているので、繊維質が口に当たりません。丁寧な仕事ぶりが出ていて、これは非常にいい点です。甘さも控えめで、カボチャの味とにおいを最大限生かそうとしているのもいいと思います」

カボチャの扱いにはかなり気を使った。それが評価につながっているのは、頑張った甲斐があったと言ってもいいだろう。

「ですが、少々鬆が入っているのはいただけません。これのせいで、なめらかな口当たりが台無しです。焼き加減にはもう少し気を配った方がいいでしょう」

スプーンの先で指し示された断面には、小さな気泡がいくつかできていた。

「プリンはそこが難しいんだよなぁ」

プリンの最大の難関は、焼く工程だ。

焼きが甘ければプリン液はドロドロのままだし、焼き過ぎれば鬆が入ったり表面が焦げて舌触りやにおいが悪くなってしまう。オーブンの癖を踏まえたうえで、ちょうどいい温度と時間を見極めなくてはならない。

「それから、カップのふちにも気泡が付いています。プリン液を注ぐ時にできたものでしょう。これは焼く前にライターの火で炙れば簡単に消えますから、こういう細かい点ももう少し気にした方がいいです」

「うち、誰もタバコなんか吸わないから、ライターないんだよ」

「お貸ししましょうか？　まさしくプリンなどの気泡消しに使っているのがありますから」

やはり、千佳に試食してもらって大正解だった。

自分や他のクラスメイトでは気づかないようなことに気づき、指摘してくれる。これほどありがたい試食係はいない。

心の中で千佳に感謝していると、彼女が言いにくそうに尋ねてきた。

「あの、一つお聞きしたいんですが、最近カボチャを使ったお菓子をよく作っていますが、パーティーでもカボチャを使うつもりですか？」

「そうだな。ハロウィンらしいお菓子って言ったら、やっぱりカボチャだろ」

「やっぱり、そういうことですか」

千佳の眉間に深いしわが刻まれる。

「まだ何かあるのか？」

「これは言うべきかどうか、かなり迷うのですが」

「問題があるのなら遠慮なく言ってくれ。そのための試食だろ」

颯真が促すと、あくまで可能性の話ですが、と前置きしてから、自分の考えを口にした。

「このカボチャのプリン、子供たちが喜ばない可能性があります」

「……なんだって？」

予想外のことを言われ、思わず目を見張る。

「おいしくないってことか？」

「違います。このカボチャのプリンはよくできています。私たち高校生や大人でしたら、喜んで食べるでしょう」

「じゃあ、どうして」

「子供って野菜が入ったスイーツって好きじゃないんです。なぜなら、野菜が使われていますから。例外は、スイートポテトとポテトチップスくらいではないでしょうか」

「つまり、カボチャを使っているから、カボチャのプリンはダメってことかよ」

あんまりといえばあんまりな理由に、言葉を失いかけてしまう。

「ハロウィンフェアをやっているスーパーやコンビニに行ったらわかりますが、カボチャ味のスイーツって決して主役ではありません。味は普通で、形がハロウィンなお菓子がメインとなっています。つまり、カボチャ味のスイーツがさほど人気がないということです」

それでは、味も見た目もハロウィンらしく、子供が喜ぶハロウィンスイーツを作るという課題がクリアできなくなってしまう。

「もちろん、おいしい野菜スイーツはたくさんありますし、カボチャは好きな野菜ランキングの上位に入る野菜です。ですが、『野菜が使われている』という事実だけで、なんとなく拒否感を持ってしまう子供がいるのも確かです。実を言えば、小さい頃の私がそうでした。せっかくのスイーツなのに、どうして野菜を入れちゃうの？　って。何かを入れるなら、チョコやイチゴを入れればいいのにっていつも思ってました」

「いや……それ……カボチャのプリンに言うなよ……」

まさか、こんなダメ出しをされるとは思ってもみなかった。

「あくまで可能性の話です。杞憂かもしれません。子供会の子供たち全員がカボチャを使ったスイーツに全然抵抗がない可能性も十二分にあります。ですが、そうでない場合、カボチャづくしのスイーツが並べられたら……」

「可能性、か」

　可能性の話なのだから、無視するのも一つの方法だ。だが、一人でも野菜スイーツが不得意な子供がいたら、その子にとってハロウィンパーティーはつまらないものになる。そうなったら、その子にとっても、パーティーを取り仕切る千佳にとっても悲しいことだ。

「わかった。考えてみる」

　パティシエとして、考える。

　これこそ、千佳の父親に指摘されたことかもしれない。だとしたら、楽な方法に逃げ込むような真似はしたくなかった。

　野菜を使ったスイーツの、野菜感を消す。

　なぞなぞみたいな問題だ。プロのパティシエでも苦労するのではないだろうか。

　颯真なりに試行錯誤はしてみた。

カボチャの使用量を減らしてみたり、砂糖や生クリームの量を増やしてみたり、焼き時間を長くしてみたり、リキュールを使ってみたり、思いつく限りの方法を試してみた。

だが、いずれも芳しい結果を得られなかった。

カボチャの量を減らしたら、ただのプリンに成り下がってしまったし、砂糖や生クリームの量を増やしたら、甘ったるくてくどいプリンになってしまった。焼き時間を長くしたら、鬆が入りまくってボソボソになってしまった。リキュールにいたっては論外で、とんでもないにおいのプリンになってしまった。

「ダメだ、これは」

完全に手詰まりだった。

王道や基本を重視し、考えることをしてこなかった颯真に、レシピをアレンジする能力はない。一発逆転の解決策を思いつけるだけの能力などないのだ。

「どうするかな……」

異臭を放つプリンをジッと見つめながら、力なく呟く。

なんとしてもこの課題をクリアしたかった。こんな己で課した課題さえクリアできないようでは、『情けないパティシエ』にしかなれない気がする。

それが怖い颯真は、意地になっていた。

「……千佳の方はどうなってるかな」

下手の考え休むに似たり。ならばいっそ、本当に休んだ方がいい。気晴らし代わりに千佳に電話をかけてみた。

『はい、もしもし』

千佳のスマホにかけたはずなのに、スピーカーから聞こえてきたのは、年配の女性の声だった。

「ええと……もしかして、千佳のお母さんですか？」

『当たり。すぐにわかったわね。すごいわ』

「そりゃあ、千佳の声は散々聞いていますから」

『あらあら、本当に仲のいいこと。電話越しでもすぐにわかるって、なかなかよ？』

「そんな大したことでもないと思いますけど」

『大したことよ。私の夫なんか、電話で私と妹を区別できるようになるまで数年かかったんだから。颯真君の耳には、千佳の声が染みついているのね』

「し、染みついている？」

とんでもなくおかしなことを言われ、思わず声が裏返ってしまう。

すると、電話の向こうで千佳の母親が面白そうにウフフと笑った。

『冗談よ冗談。颯真君の困り顔が目に浮かぶわ』

「あのですね……」

千佳のＳっ気は、絶対にこの人からの遺伝だと確信する。

「ええと、それで、どうしておばさんが千佳のスマホに出ているんでしょうか。持ち主はどうしているんですか？」

『あの子、手が離せないみたいだったから、代わりに私が出たのよ。他の人なら出ないけど、颯真君だったら出てもいいかしらって』

「いえ、そこは俺でも配慮してほしいところですが」

やましいことなど何もないが、本人にかけたつもりで親が電話口に出られたらさすがに驚く。

『真面目に言うと、あの子、スマホをリビングに置き忘れたまま、自分の部屋に閉じこもっちゃってるのよ。週末のイベントのための準備をしているみたい』

「あいつ、そんなに頑張っているんですか」

『親からすれば頑張り過ぎじゃないかって心配してしまうほどにね。でも、きっといいことよね。あの子があんなにひたむきに頑張る姿って初めて見たわ。私たちは、こういう機会をずっと奪っていたのでしょうね』

電話からの声に、後悔と罪悪感が滲んだ。

「そうですか。あいつ、頑張っているんですね」

千佳は全力で頑張っている。なのに、自分は停滞状態だ。

羨ましく、少し妬ましい。

そんな焦りを感じ取ったのか、

『颯真君の方は、大変みたいね？』

と尋ねてきた。

「……ええ、手こずっています」

正直に白状した。と同時に、パティシエールのこの人に相談してみようか、と考えた。

プロならば的確な答えを教えてくれるかもしれない。

『アドバイスならしないわよ』

だが、期待を先回りされて、ぴしゃりと言われてしまった。

『夫が言ったように、これはあなたたちだけですることよ。世の中、いつもいつも手を差し伸べてもらえるとは限らないのだから』

「……他人の子供には手厳しいですね」

『それは耳が痛い言葉だわ。でも、今回はあなたにも千佳にも手を貸さないわ。夫と話し合って、そう決めたの。代わりと言ってはなんだけど、うちに来て、千佳の手伝いをしなさいな。気分転換になるし、あの子からヒントをもらえるかもしれないわよ』

「今からですか？」

『晩ご飯くらいはご馳走してあげるわ』

一瞬悩む。が、ここでウンウン唸り続けても答えは見つかりそうにない。だったら、勧めに従って動くのも悪くない。

「わかりました。では、今から伺わせてもらいます」

電話を切り、急いで支度をし、里見家へ向かう。

乗り慣れた自転車を走らせると、今回も三十分ほどで到着した。

「いらっしゃい。あの子は上にいるわ」

穏やかな笑顔で出迎えた千佳の母親が、二階を指さした。

「はい、お邪魔します」

会釈しながらスニーカーを脱ぎ、そのまま千佳の部屋へ向かおうとする。

「あ、そうそう」

そんな颯真を、千佳の母親が呼び止めた。

「主人ね、今晩は仕事で不在なのよ」

「はあ。そうなんですか。お仕事が忙しいんですね。お疲れ様です」

「私はね、責任さえ取ってくれたら、別に高校生でもしても構わないと思っているわ。だから、二階がうるさくなっても覗いたりしないから、安心してちょうだい」

「何を言っているのか、全然わかりません」

ニコニコ笑う千佳の母親に渋い顔を返して、二階に上がる。

コンコン。

千佳の部屋のドアをノックする。

返事がない。

コンコン。

もう一度ノックする。

中に人の気配はあるのに、やはり返事がない。

「おーい、千佳ー」

今度は彼女の名前を呼びながらノックしてみた。

すると、ようやく反応があった。

「ええっ？　颯真さん？」

驚きの声と共にバタバタと慌てふためく音が聞こえ、ドアが勢いよく開かれた。

「やっぱり颯真さんです！　あれれ？　何か約束してましたっけ。まさか、夜間ランニングに連れ出すつもりじゃないでしょうね」

　夜なのにまだ制服姿の千佳が、やや警戒気味にこちらを見てくる。

「夜にランニングする趣味はないから安心しろ。さっきおばさんと電話したら、千佳の方も大変そうだって聞いたから、手伝おうかなって」

　薄っぺらい見栄のために、少しウソをついてしまう。

「そうなんですか。それはわざわざありがとうございます。とっても助かります。ええと、すごく散らかってますけど、中へどうぞ」

「うん、入らせてもら――なんだこれ」

　千佳はそんな颯真の虚勢に気づくことなく部屋に入れてくれたのだが、部屋に入った途端、ギョッとしてしまった。

　この部屋には先月入ったことがある。目立つものがぬいぐるみ専用の棚くらいしかないシンプルで清潔感がある部屋だった。

　だが、今の部屋にその時の面影はまるでない。

　壁から壁に何本もの物干し竿が張り渡され、そこに黒いワンピースと黒いマントと黒いズボンが引っかけられている。エアコンの風で裾がパタパタとはためき、まるで鬱蒼としたジャングルのようだ。

床には、星やハート、お化けにコウモリなど様々な形にカットされたフェルト、フリルやリボンが散乱しており、足の踏み場なんて全然なかった。

「整理整頓が苦手な演劇部の部室みたいだな」

「言ったじゃないですか、散らかってるって」

「にしても、限度があるだろ」

呆気に取られながら部屋を眺めていると、床に散らばったものを片付けて、どうにか人一人座れるスペースを作ってくれた。

「これ、どういう状況だ？」

「上のは、染めて乾かしている最中です」

「染める？」

「ハロウィンといえば仮装じゃないですか。なので、子供たちにどんなコスプレがしたいか聞いてきたんです」

「待て待て。わざわざ全員に聞いたのかよ」

「全員と言っても、たった五人ですから」

何でもないように言うが、一人一人に聞いて回るだけでもそれなりの手間だったはずだ。

驚くべき行動力である。

「それで、みなさんにお聞きしたところ、女の子は魔女の恰好、男の子は吸血鬼の恰好をしたいということでした」

「魔女はわかるが、吸血鬼？　小学生の間では吸血鬼がブームなのか？」

「マントをバサーってしてみたいっぽいです」

千佳が両腕を大きく広げるのを見て、なるほどと得心する。

「よかったら、颯真さんも吸血鬼のコスプレしませんか？」

「遠慮する。さすがにもうそういうことで、はしゃげる歳じゃない」

千佳が冗談めかして言ってきたので、両手で大きくバツ印を作って断った。

「で、魔女と吸血鬼と、服を黒く染めることに何の関連があるんだよ」

「両方ともメインカラーは黒じゃないですか。いただいた子供会の予算では、とてもではないですが、五人分のコスプレ衣装は買えません。そこで、近所のお宅を回って事情を説明して、不要になった服やシーツ、カーテンなどをいただいてきました。それを縫い合わせたり、繕ったりして、魔女と吸血鬼の衣装にして、黒く染めているんです」

「近所の家を回って服までもらったのかよ」

「この辺は古い家ばかりで、顔見知りの方ばかりですから」

「それでもすごいって」

少なくとも、颯真にはできそうにない。

「服をいただくまではよかったんですが、そこからが大変でした。まず子供サイズに手直ししなくてはいけませんでしたが、ミシンなんて家庭科の授業で触ったただけです。お母さんは今回手伝ってくれないので、家庭科の先生や家庭科部のお友達にミシンの使い方を教わることから始めなくてはいけませんでした」

「で、それから色染めか」

「何回も何回も染めないと綺麗な黒になってくれなくて、こちらも大変でした。もう一回二回染めたら、真っ黒になってくれるかなって感じです」

颯真の目にはもう充分に黒いが、まだ染める気らしい。

「すごいな。すごいけど……間に合うのか？」

ハロウィンパーティーまで、もう数日しかない。

「当初の予定では無理ですね」

わりと絶望的なことを、明るい笑顔であっけらかんと言う。

「え……？　じゃあどうするんだよ」

「ですから、計画を変更しました。それが、これです」

と、床に散らばったハートや星を拾い上げて見せてきた。

「私一人ではどうやってもコスプレ衣装を完成させられません。ですから、こういう飾りをたくさん作って、子供たちに自由に貼ってもらおうかなって。自分でオリジナルのコスプレ衣装を作るって、楽しいと思いません？」

「……そういう手があるか」

なるほど、と感心する。

自分だけでは無理な作業を子供たちにも分担してもらいつつ、それを楽しいパーティーの一環にする。悪くない案だ。

だが、そうだとしても、ベースとなる服と飾りは作っておかなくてはならない。

「きつくないか？」

不慣れな作業で疲労が見える千佳を心配して尋ねた。

しかし、彼女の返事は明るく元気だった。

「いいえ、全然！　それどころか、やっているうちに笑顔になっちゃいます！」

「笑顔……？　この、ものすごく面倒そうな作業で？」

古着を子供サイズに仕立て直したり、何度も染色したり、小さな飾りをたくさん作ったり。想像するだけでも面倒くさい。とても笑顔にはなれそうにない。

だが、千佳の返事は変わらなかった。

「私が頑張ったら、子供たちはきっと笑顔になってくれるじゃないですか。それを想像したら、私も笑顔になっちゃいます」

「なんだその理屈」

ちょっと呆れる。と同時に、ちょっとうらやましい。

「ポジティブですごいな、お前。憧れるわ」

素直に称賛すると、照れくさそうに、ちょっと誇らしげにえへへと千佳は笑った。

「笑顔、か」

口の中で小さく反芻する。

ごく当たり前の言葉。

だというのに、千佳の口から紡がれると、なぜか響くものがあった。

「千佳は、笑顔は好きか？」

「なんですか、その質問」

千佳は一瞬きょとんとしたが、すぐに大きく頷いた。

「それはもちろん。逆に聞きますけど、颯真さんは嫌いなんですか？」

「まさか。笑顔が嫌いな人間って、相当ひねくれてるだろ」

「ですよね。よかったぁ」

千佳がホッと胸を撫で下ろす。

「私と颯真さんの二人で、子供たちを笑顔にしましょうね！」

「……俺も？」

「当たり前じゃないですか。お菓子には、人を笑顔にする力があります。率直に言って、私のコスプレ衣装以上に、颯真さんのお菓子の方が子供たちを笑顔にさせると思いますよ」

だから、頑張ってくださいね、と小突かれてしまった。

そう、お菓子は人を笑顔にできる。それが最大の魅力と言っても過言ではない。甘いものが欲しければ砂糖を舐めればいい。だが、人はわざわざ手間暇かけてお菓子を作る。なぜなら、お菓子には、砂糖にはない力があるから。

それが、人を笑顔にさせる力。

「あ……」

何かが、つながった気がした。

「そうか。そうだったよな」

うん、うん、と何度も頷く。

そうだ、これが自分のスタート地点だったはずだ。

「なんで忘れているのかな、俺は」

思わず、自嘲してしまう。

「あの、どうかしました？」

急にブツブツと独り言を言い出した颯真を、千佳が不思議そうに見つめてきた。

「なんでもない。——いや、何でもあるか。千佳が檻に入る準備をしておかないといけないかもしれないってことだ」

「……は？」

全く意味が分かっていない千佳がポカンと口を開けた。

「よし、作業するか！　手伝うから、やってほしいことを遠慮なく言ってくれ」

見えなくなった道が、また見えてきた気がした。


——カシャッ！　カシャッ！

翌朝、颯真は不快なシャッター音と瞼を貫く強烈なフラッシュで目を覚ました。

「あ、起きました？　おはようございます」

もっと寝ていたいと抵抗する瞼を強引にこじ開けると、スマホを構えた千佳の笑顔が視界に飛び込んできた。

「おはよう。……なんで千佳がいるんだ……？」

「覚えていないんです？　颯真さん、作業中に寝ちゃったんですよ」

言われて、自分が千佳の部屋の床に寝ていることに気づく。

「そうか、千佳の部屋で寝てしまったのか……」

彼女がかけてくれたらしい毛布を剥がし、あちこちが痛む体を起こした。

昨晩、飾り作りに熱中しすぎてしまい、寝落ちしてしまったようだ。

「なんで起こさなかったんだよ」

ボサボサになった髪を手櫛で押さえながら文句を言う。

これは、どう考えてもよろしくない。

寝起きでロクに働かない頭でもそれくらいのことはわかる。

まず、親に怒られてしまう。

颯真の両親は、無断外泊を許容するほど寛容ではない。帰宅したら、母親と父親のセットで説教を食らうのは確定的だ。その時どう言い訳すればいいんだと考えると、起きたばかりの頭が痛くなってくる。

そして、無断外泊以上にマズいのが、女子の家に一泊したという事実だ。しかも、その

女子が『安らぎの天使』なんてとんでもないあだ名を付けられ、クラス中の女子に可愛がられているときた。こんなこと、クラスメイトに知られたら、どんな刑に処せられるかわかったものではない。想像するだけで体が震える。

「お前なぁ、自分の部屋に男を寝かせるとか、ヤバいのはわかるだろ。もう少し考えろよ」

「だって、颯真さんの寝顔がとっても可愛かったんですもん」

非難がましく睨んだが、彼女はちっとも悪びれる様子を見せなかった。それどころか、大きなクマのぬいぐるみをそっと手渡してくる。

「なんだこれ」

「それを抱きしめて寝てくれませんか？　『クマちゃんと仲良く眠る颯真さん』ってタイトルの写真を撮りたいんです」

「絶対に断る」

「えー。可愛いと思うんですけど」

投げ返すと、千佳は残念そうにぬいぐるみの頭を撫でた。

「朝っぱらから寝ぼけたことを言うな」

「いえいえ、本当に颯真さんの寝顔可愛いんですよ。撮った写真、見ます？」

「自分の寝顔なんて見たいはずがないだろ。というか、削除しろよ。肖像権の侵害だぞ」

「この間のパジャマ姿の写真と合わせて、プリントアウトして額縁に入れようかなって計画しているんですけど」

「絶対にやめろ。というか、パジャマの写真の話出すなよ。あれ、思い返すと無茶苦茶恥ずかしいんだよ」

颯真にとって、あの写真は黒歴史の一つとなりつつある。

「私は戦利品ゲットできて、やった！　って思い出です」

「とにかく、二度とその話はするな」

寝起き早々に恥ずかしさで悶絶しそうになるのを、頬を叩いて無理矢理気持ちを切り替えた。そして、折り畳みテーブルの上に置きっぱなしにしていたスマホをポケットに突っ込む。

「あ、そうでした。颯真さんのお母さんにはきちんと説明しておきましたから、ご安心ください」

「は？　なんで千佳がうちの母親と話してるんだよ」

「昨晩、颯真さんのスマホに電話がかかってきたんです。颯真さんはもう熟睡していましたから、代わりに私が出まして、事情を説明させていただきました」

「お前も他人のスマホに出るタイプかよ」

母も母なら、娘も娘か。

とはいえ、親に連絡済みなのは助かった。おかげで説教を食らわなくて済む。

「……いや、これはこれで厄介か」

泊まったのが、翔平などの男友達の家ならいざ知らず、女子の家だ。叱られない代わりに、どういう子なの・どういう関係なの、とワイドショーのレポーターのように根掘り葉掘り質問されそうだ。特に母親など、自分の息子がお菓子にしか興味を持てないんじゃないかとしょっちゅう嘆いているので、ここぞとばかりに聞いてくるに違いない。

説教よりはマシだが、面倒なことに変わらない。

どうやってかわせばいいんだと頭を抱えてしまう。

「助かったけど、できれば叩き起こしてほしかった。そうすりゃ、お前も別の部屋で寝ずに済んだだろ」

「いえ？　私はそこのベッドでちゃんと寝ましたよ」

撮影した画像のチェックをしている千佳は、スマホから目を離さないまま、何でもないように自分のベッドを指さす。

「この部屋で寝たのかよ。俺も寝てたのに」

無茶苦茶なことをしやがると呆れると、彼女は平然と言い切った。

「だって、ここは私の部屋ですもん」

「それはそうだけど」

颯真と千佳、どちらにこの部屋で寝る権利があるかと言われれば、間違いなく千佳だ。

しかし、起こさないのなら、せめて別の部屋で寝てほしかったと男子高校生は思うのだ。

《女の子と二人きりで同じ部屋で寝る》

文章化してみると、とんでもないことをしたと実感がわいてくる。顔が赤くなった。

カシャリ。

「颯真さん、急に顔が赤くなりましたけど、大丈夫ですか？　風邪じゃないですよね」

「心配するふりをしながら写真を撮るんじゃない」

起床早々、ワチャワチャと騒いでいると、騒ぎを聞きつけた千佳の母親が部屋の様子を窺いにやってきた。

「二人とも起きたみたいね。千佳、颯真君、おはよう」

「おはようございます、お母さん！」

「おはようございます。突然泊まることになってしまい、失礼しました」

朝の挨拶と一緒に深々と頭を下げると、千佳の母親はフフフと笑いながら、

「全然大丈夫よ。こちらこそ、お布団を用意できずにごめんなさいね」

「ええと、人んちで爆睡した人間が言うことじゃないですけど、できれば叩き起こすか別の部屋に運ぶかしてほしかったです」

「そうねぇ。そうした方がよかったんでしょうけど、颯真君があんまり気持ちよさそうに寝ていたから起こすのは可哀想だったし、運ぶのは非力な女二人では無理だったの。ごめんなさいね」

もっともらしいことを言うが、その口元は楽しげに笑ったままだ。起こさない方が面白い、とでも考えたのだろう。

この家で一番ヤバいのは、この人かもしれない。

「それより、二人とも早く支度しないと学校に遅刻しちゃうわよ。颯真君、朝ご飯は食べていくかしら」

「いえ、遠慮します。制服に着替えなくちゃいけないし、できればシャワーも浴びたいです。なので、急いで家に帰ります」

颯真が母親の申し出を断ると、既に制服に着替えている娘が残念そうな声を上げた。

「せっかくですから、一緒に朝ご飯を食べましょうよぅ。もうちょっとしたら未希ちゃんも来ますし、三人で仲良く登校すればいいじゃないですか」

「だから、制服に着替えないと——ちょっと待て。斉藤がここに来るのか？」

「生徒会の活動がない日は、だいたい迎えに来てくれます」

それがどうかしましたか？　と千佳はきょとんとするが、颯真はゾッとしてしまった。

おそらく、颯真が里見家に泊まったことを一番知られてはいけない人物が未希だ。どんな目に遭わされるか、何を言われるかわかったものではない。

背中に冷や汗をかきつつ立ち上がる。一秒でも早くこの家から脱出しなくてはならない。

ピンポーン。

だが、遅かった。

階下からチャイムが鳴るのが聞こえる。

「あら、きっと未希ちゃんね」

千佳の母親が応対のために、スリッパをパタパタ鳴らしながら一階へ下りていった。

「おい千佳」

下にまで届くはずがないのはわかっているが、思わずヒソヒソ声になってしまう。

「この家って裏口はないのか？」

「裏口？　そんなものありません」

「となると、お前と斉藤が登校するまで、この家に隠れているしかないか」

致命的タイムロスだが、未希に気づかれて悲惨な目に遭うくらいなら、遅刻を選ぶ。

ため息をつきながら星やハートが散乱した床に座り込むと、千佳がスカートの裾で膝をくるむようにしゃがんで、こちらと目線の高さを合わせてきた。

「もしかして、私の家に泊まったことを未希ちゃんに知られたくないんですか？」

「当たり前だろ。千佳を溺愛している斉藤に知られてみろ。拷問の末に殺される」

「まさかそんな」

千佳は面白い冗談を聞いたと笑うが、あながち冗談ではない。あのクラスメイトは、親友が絡むと、頭のネジが二・三本外れてしまう。

「いいか、俺がここに泊まったって、斉藤には絶対に言うなよ」

「そうですねぇ。どうしましょう？」

釘を刺そうとすると、彼女はこちらの反応を面白がるように顔を覗き込んでくる。

「未希ちゃんに怒られて、しゅんとなる颯真さんを見るのも、楽しいかもしれません」

「マジでやめてくれ」

同級生に大真面目に説教されるとか、嫌すぎる。

颯真が泣きそうな顔をすると、千佳はくすくすと笑った。

「ウソです。そんなことしません」

ホッとするが、それも束の間のことで、

「だって、そんなことしたら未希ちゃんに叱られるのを怖がって、もう二度とうちに泊まってくれなそうですもん。私、颯真さんの寝顔をもっともっと見たいです」

「あのなぁ……」

スマホの写真フォルダに保存されている自分の寝姿を見せられる。

「ほらほら、これなんかすっごく可愛いんですよ。私がほっぺたをツンツンすると、赤ちゃんみたいにぐずって、またすぐに気持ちよさそうに寝息を立ててたんです。私、何度もほっぺたつついちゃいました。動画でも撮影しておけばよかったかなぁ」

「お前な、人が寝ている時までおちょくるなよ」

本気で残念がる千佳をジロリと睨むと、彼女は撮り溜めた写真をうっとりと眺めながら、

「寝ている颯真さんが目の前にいるんですよ？　いじりたくなるのは当然じゃないですか」

などと、とんでもないことをさらりと言ってきた。

「こ、この女は……！」

「だいたい、私の前で寝たらこうなることくらい、簡単に予想できるじゃないですか。私よりも先に寝ちゃった颯真さんが悪いんです」

いい加減、カチンときた。

「ということは、お前が先に寝たら、俺もやり返していいってことだな？　ほっぺたつつ

くなんて生ぬるい。顔面に油性ペンで落書きしまくってやるから覚悟しやがれ」

「別にいいですよー？　私が先に寝るなんてあり得ませんから。ではでは、再来週にでもお泊り会をするというのはどうでしょう？」

「いいだろう。受けて立ってやる！」

「決まりですね！　写真がますます増えそうで楽しみです！」

「油性ペン、十二色セットで買っておくからな！」

売り言葉に買い言葉。

ほとんど脊髄反射で、お泊り会をする約束を交わしてしまった。

次は絶対先に寝ないぞ！　などと強く決意していると、階下から千佳の母親と未希が朝の挨拶を交わしているのが聞こえてきた。

「おばさん、おはようございます。今日もいい天気でよかったですね」

「未希ちゃん、おはよう。今朝もわざわざ迎えに来てくれてありがとうね」

「いいえ、ワタシが好きでしていることですから。それで、千佳の準備はもう終わってますか？」

「それが、もう少しかかりそうなの。ごめんなさいね。よかったら、上がって待っててちょうだい」

「いえ、こちらで待たせていただきます。——あれ？　そのスニーカー……」

未希のその呟きを聞いた時、颯真はしまったと唇を噛んだ。

老夫婦と一人娘しかいない家の玄関に、男物のスニーカーがあるのは明らかにおかしい。

未希が来る前に隠しておくべきだった。

だが、そんな後悔をしても、もう遅い。

千佳の母親がうまく誤魔化してくれるのを期待するしかなかった。

「あ、そうなのよ。昨日ね、颯真君がうちに泊まったのよ」

颯真の儚い希望は、わずか五秒で打ち砕かれた。

思わず後ろにひっくり返りそうになる。

「お前の母親、何考えてんだ⁉　速攻で俺のことばらしやがったぞ⁉」

「あらら、お母さんってば。あ、私が言ったわけじゃないですから、もううちに泊まらないとか言わないでくださいよ」

「ンなこと言ってる場合か！」

ダメだ、この親子……！

頭を抱えたくなるが、そうしている間にも未希の怒声は聞こえてくる。

「市瀬、泊まったんですか⁉　靴があるってことは、まだいるんですね⁉」

「ええ。さっき起きたところよ」

「やっぱり上がらせていただきます！」

ドスドスドスッと鬼のように荒々しい足音と共に、未希が部屋に飛び込んできた。逃げる暇など一切ない。

「市瀬、アンタァッ！」

床に座り込んでいた颯真の胸倉を掴み、強制的に立ち上がらせる。女の細腕とは思えないような腕力だった。

「昨日の夜何をしたの⁉　キリキリ白状しなさい！」

「な、なんだよ⁉　やましいことなんて何もしてない！　マジで何もしてないからな！」

鼻息荒い未希の剣幕に慄きつつ、懸命に自己弁護する。ここで無罪を勝ち取らないと、これからの高校生活が詰んでしまう。

「昨日の夜泊まったのは本当だけど、俺の方が先に寝ちゃったんだよ！　先に寝たら、何もできないだろ⁉」

「本当なの？」

颯真の胸倉をギリギリ締め上げながら、傍らで傍観している千佳に確認を取る。

「ええ、はい。おかげで颯真さんの寝顔をたくさん撮れたんです。未希ちゃんも見ます？」

「ほらみろ！　俺は何もしてないだろ⁉」

「……本当に何もしてないの？」

未希が疑わしい目つきで二人を交互に見る。

「千佳もそう言ってるだろうが！　こいつが斉藤にウソをつくなんてあり得ないだろ⁉」

「そうね。確かにそうだわ」

二人の言葉を信じた未希の手の力が緩んだ。

だが、それは一瞬のことだった。

「何やってんのよ！」

「ハァッ⁉」

「アンタ、この間のワタシの話ちゃんと聞いてなかったの⁉　一緒のベッドに寝るとか、寝返り打ったらキスできそうな距離に彼女の顔があってどうしようとか、寝言で相手の名前を言っちゃうとか、色んなイベント発生させ放題じゃない！」

「床で寝たし、寝相はいいし、寝言は言わないタイプなんだよ！」

「なんてつまらない男なの！」

颯真と未希がくだらなくてみっともない言い合いをしていると、千佳がツンツンと未希の肩をつつき、

「未希ちゃん未希ちゃん、再来週にまたお泊り会をする約束をしています。ですから、よくわかってないですけど、未希ちゃんが望んでいることが起きるかもしれませんよ？」

などと、無邪気な顔でとんでもない爆弾を放り込んできた。

「また泊まるの!?」

　未希の目の色が変わる。

「市瀬、ワタシお気に入りの少女漫画を全巻持ってくるから、それで勉強よ！　ワタシがガッツリ講義してあげるから、少女漫画的シチュエーションを頭に叩き込みなさい！　そして、是非ともそれの再現を！」

「誰がそんな授業受けるか！　というか、お泊り会なんてするもんか！」

「えぇっ!?　さっき約束したじゃないですかぁ」

「約束してない！」

「しましたしました！　私に落書きするって言ってたじゃないですか！」

「颯真アンタ、お兄ちゃんが机の引き出しの奥に隠しているあの漫画みたいに落書きプレイをする気!?　さすがにそれはマニアックすぎるわ！」

「千佳、言葉はきちんと伝えろッ！　斉藤は兄貴のプライバシー守れ！　会ったことないけど、メチャクチャ同情する!!」

二人の少女とギャアギャア言い合っているうちに、時間はどんどん過ぎていく。

遅刻は、確定的だった。

十月三十一日金曜日。

いよいよハロウィン当日になった。

六時間目終了のチャイムが鳴ると同時に、颯真と千佳は教室を飛び出した。

しかし、目を合わせることも言葉を交わすこともなかった。

颯真は急いで家に帰り、冷蔵庫に入れておいたものを保冷バッグに詰め込む。そして自転車に飛び乗り、パーティー会場となる集会所へ向かった。

そこは児童公園の隣にあり、かなり年季の入ったプレハブ小屋のような建物だった。お世辞にも綺麗とは言えない外見をしており、最初に見た時、衛生的に大丈夫か？　と心配してしまうほどだった。

「こんにちはー。千佳、もう来ているかー？」

ガタガタと立て付けの悪い戸を開ける。

意外に、中は外見ほど汚れていなかった。古くはあるが、町内会役員の人たちが定期的に掃除をしているそうで、不衛生とは感じない。

中に入ると、部屋の隅で固まっている小学生たちに気づいた。

女子三人、男子二人の計五人。いずれも低学年で、高学年はいない。これしか子供会のメンバーがいないというのはなんとも寂しいものだ。存続が危ぶまれているのも、致し方ないのかもしれない。

「ええと、こんにちは」

とりあえず、挨拶してみる。

返事はなかった。それどころかますます五人で固まり、こちらに背を向けてコソコソと話し始める。

「めっちゃ警戒されてるなぁ」

ちょっと傷つくが、気持ちはわからなくもない。何十センチも身長差がある見知らぬ高校生なんて、小学生からすればおっかないものだ。

「あ、颯真さん、来られましたね」

保冷バッグを抱えたまま、部屋の真ん中で所在なげに立っていると、奥の方から千佳が顔を出してきた。颯真も制服姿だが、高校からここへ直行した彼女も制服姿だった。

「今日はよろしくお願いしますね」

「こっちこそよろしく」

軽く頭を下げ合った後、千佳が小学生に颯真を紹介してくれた。

「こちら、今日のパーティーのために素敵なお菓子を作ってくれた市瀬颯真さんです。みなさん、ちゃんと挨拶しましょうね」

「「「「よろしくおねがいしまぁす」」」」

千佳に促され、五人の小学生がいかにも小学生な挨拶をしてきた。

「ええと、よろしくお願いします」

普段子供と接する機会がないので、ぎこちない挨拶しか返せなかった。

「早速ですけど、テーブルと椅子を出すのを手伝ってくれませんか？　飾り付けはなんとか終わらせたんですけど、テーブルは私一人では重たくて」

「一人で飾り付けやったのか。早いな」

部屋の壁をぐるりと見回すと、颯真が作った折り紙の鎖や造花が、バルーンで作られた『Ｈａｐｐｙ　Ｈａｌｌｏｗｅｅｎ』の文字やリースと共に綺麗に飾られている。

「わかった。テーブルと椅子は俺がやる。これの中身は一旦冷蔵庫に入れておいてくれ」

抱えていた保冷バッグを手渡し、部屋の隅にあった長テーブルと椅子を部屋の中央に並べていく。

「テーブルは二つでいいか？」

「そうですね。人数も多くないですし、二つくっつければ充分でしょう。こういうこと、昨日までにやっておきたかったですね」

「そう言うなよ。お互いギリギリだったろ」

そんなことをぼやき合いながら、細長いテーブルをくっつけて長方形を形作った。

完成すると、千佳が何か言うよりも早く、子供たちは我先にと椅子を鳴らして着席した。

「ええと、それでは、ただいまよりハロウィンパーティーを開きたいと思います。司会進行は、私、里見千佳が務めさせていただきます。みなさん、よろしくお願いいたします」

期待と少しの不安を混ぜ合わせた子供たちの視線を一身に浴びながら、緊張した面持ちの千佳がパーティーの始まりを堅苦しく宣言した。手の中の小さなカンペには、気づかないふりをしてやる。

子供たちの間からパチパチと拍手が起きると、彼女は衣装が入った段ボール箱をドンとテーブルの上に置いた。

「それでは、仮装から始めましょう！　お名前を呼びますから、手を挙げてくださいね。衣装をお渡しします。ええと、陸玖さん」

「はい！」

「葵さん」

「はぁい」

「海斗さん」

「ハイ！」

小学生相手でもきちんと『さん』付けするのがなんとも千佳らしい。名前を確認しながら、クリスマスプレゼントみたいに綺麗にリボン付けされた袋に入ったコスプレ衣装を手渡していく。

五人はワクワクして受け取り、そして、袋の中身を取り出してガッカリした。

「なんか地味」

葵と呼ばれた女の子が、正直な感想を漏らした。

男子に渡されたのは、黒い長ズボンと白のカッターシャツと黒いマント。女子には、黒いワンピースと黒いとんがり帽子。

それぞれ、吸血鬼と魔女のコスプレ衣装と言えなくもないが、見方を変えれば単なる黒い服だ。パッとしないコスプレ衣装に、小学生たちが落胆するのも無理はない。

子供たちの失望した顔を見ると、担当ではない颯真も大丈夫かと不安になってしまった。

だが、ここからが本番だ。

千佳は、入り口近くに置いておいたもう一つの段ボール箱をよいしょよいしょと運んできて、テーブルの上でそれをひっくり返した。

バサッとぶちまけられたカラフルでキンキラな中身を見て、子供たちからわあっと歓声が上がる。

テーブルの真ん中で山を作ったのは、フリル付きのレースやリボン、フェルトで作った様々な形の飾りたちだった。わざわざレジン作りを趣味にしている友達の家に赴いて作ったレジンアクセサリーなんてものもある。

「たくさんある！」

葵がキラキラのラメが封入されたレジンのブローチを手に取り、はしゃいだ声を上げると、他の子供たちも彼女に続いた。

「キラキラしてるね！」

「おっきなコウモリがある！」

「こっちはフリフリのリボン！」

飾りを好き勝手に漁りながら、キャッキャッと嬉しそうな声を上げる。

そんな子供たちを見回し、千佳はこほんと咳払いをして注意を引いた。

「ええと……みなさんがおっしゃる通り、私では地味な衣装しか作ることができませんでした。ごめんなさい」

　ぺこりと頭を下げる。

「ですので、みなさんのお力を貸していただけないでしょうか。みなさんの手で、それぞれの衣装を完成させてください」

　千佳の説明を聞き、子供たちが顔を見合わせる。そして、代表して葵が尋ねた。

「ここにあるの、好きに付けていいの？」

「はい、どうぞ。ご自由に。布用の糊がありますから、それで貼ってください。それから、布用のクレヨンもあります。絵を描きたい場合はこれを使ってください。そして、全部できたら、私か颯真さんに言ってください。アイロンをかけます。そうすると、飾りや絵が衣装にちゃんとくっつきます」

「ってことは、すぐ破れたり壊れたりしなくて、ずっと使える服なんだ！」

「はい、そうです。強度は保証します」

　千佳の首肯が、スタートの合図になった。

　子供たちが嬌声を上げながら、一斉にお気に入りの飾りを探し始める。

　ワイワイと楽しそうなちびっこたちを眺めながら、千佳がほぅと安堵の息を漏らした。

「よかった。何とかなりそうです」

「あんなに自信満々だったくせに、実は不安だったのかよ」

茶化すと、千佳はわずかに苦笑を漏らした。

「ほんの少しですけど。自分が幼い頃、何かをする時はどうしても親の意見が挟まってきました。着る服なんか最たるものですね。これが似合うから着なさい、それは女の子らしくないからやめなさい。そんなことをよく言われました。両親が悪意あって言ったのではないのはわかっていますが、不満もありました。私が着る服くらい、私に決めさせてほしいのにって」

「それが、今回のことを思いついたきっかけか」

「私一人では満足のいく五人分の衣装を作れないっていうのも大きな理由ですけどね。でも、誰からも口出しされずに服を好きなだけアレンジできたら、すごく楽しいんじゃないかって考えました。ですが、これはあくまで私の考えです。子供たちが同じ考えをしてくれるかどうかわからなくて不安でした」

「そこまで重たい理由はなくても、大人に邪魔されずに好き勝手やっていいって言われたら、テンション爆上がりするのは間違いないだろ」

子供たちの目はものすごくキラキラしている。パーティーお約束の椅子取りゲームやビンゴ大会では、こんな輝きはなかっただろう。

「ねえねえ葵ちゃん、おっきいコウモリない？」

「あるけど、これはわたしが見つけたの！」

「こっちのお化けを交換しない？」

「うーん、ガイコツ二つとならいいよ」

　はっきり言って、パーティーというより図工の時間である。だが、子供たちが楽しそうなのは確かだった。

「おねーさん、糊はみ出ちゃった」

「そのくらいなら大丈夫ですよ。この糊は熱したら透明になりますから、少々はみ出しても目立ちません」

　千佳は男の子のミスをフォローし、

「ねえねえ、わたし背中に龍を描きたい。スマホで龍の絵見せてー」

「いいけど、魔女の背中に龍？」

「おかあさんが昔着ていた服におっきな龍が描いてあるの。ちっちゃいころ、あの服着て、カッコよくてすっごくうるさいバイクに乗せてくれたんだ」

「お前の母親、元ヤンかよ」

　颯真は女の子の親に少しビビりながら、絵を描くのを手伝った。

　一時間ほど作業をして、子供たちのコスプレ衣装は完成した。

「陸玖くんのマント、すっごいジャラジャラしてる！」

「めだつでしょ」

「葵ちゃんのは……龍がすごすぎて、なんか怖い」

「えっへん」

「あんまりほめてないんだけど……」

　思い思いの装飾を施したコスプレ衣装を着た子供たちは、一様に満足そうだった。揃いも揃って、ゴチャゴチャと飾りを付け過ぎて、クリスマスツリーみたいになっているのがなんとも面白い。

「みんな喜んでくれてよかったです」

「千佳が頑張って準備したおかげだな」

「私だけじゃありませんよ。颯真さんも手伝ってくれました」

「俺はほんのちょっとだ。頑張ったのは、どう考えても千佳だろ」

　子供たちへの聞き取りから始まり、古着集め、手直し、染色、装飾づくり。

　指折り数えてみても、よくぞ一人でこなせたものだと素直に感心してしまう。

「えへへ」

褒められた千佳が照れていると、龍を背負った小さな魔女が、二人の制服の裾をクイクイと引っ張った。

「ねえねえ、二人は仮装しないの？」

女の子の至極当然の問いに、なぜか千佳が激しく動揺した。

「わ、私たちですか。私たちの分も、あるには、あるんですが……」

と、なんとも歯切れの悪い回答をする。

「あるのかよ。よく作れたな」

「手伝ってくれたおかげで、ほんのちょっとだけ時間的余裕が出来ましたから」

と、そこで颯真をじっと見つめてくる。

「……颯真さん、見たいです？」

「そりゃあ、見れるなら見てみたいな。千佳のコスプレした姿なんて見たことないし」

Ｓっ気をたっぷり隠し持っているから、邪悪な魔女なんてかなり似合いそうだ。

首肯すると、千佳は頬を赤らめつつ、

「笑わないでくださいね」

と言い残して、奥の部屋へ引っ込んでしまった。

「……出来に自信がないのか？」

子供たちの衣装はきちんとしているから、そんな心配は無用だと思うが。

「おにーさん、写真撮ってー」

「おう、わかった。全員撮ってやるから、メチャクチャカッコいい決めポーズ取れよー」

ワイワイはしゃぐ小学生たちをスマホで撮影してやりながら、待つこと十分少々。

「お、お待たせしました……」

奥の部屋から着替えた千佳が姿を現した。

「あ……」

彼女を見た途端(とたん)、視線が釘付け(くぎづ)けになってしまった。

基本的には、千佳の衣装も女の子たちが着ている魔女の衣装と変わらない。黒い上着と黒いスカートのツーピースだ。

だが、布の面積が全然違った。

子供たちの衣装は、古風な魔女らしく、床(ゆか)に引きずりそうなほど長いゾロッとしたスカートなのだが、千佳のスカートはものすごく丈(たけ)が短い。ギャルが穿(は)いているミニスカートなんか目じゃない短さで、触(さわ)るだ触らないだと騒いだ太ももはこれでもかと露(あら)わになっているし、後ろに回ればお尻(しり)の下半分が見えてしまいそうなほどギリギリのギリギリだ。

上着も上着で全然布が足りていない。胸元(むなもと)は大胆(だいたん)に開いているし、腹部の方もおへそがバッチリ見えてしまっている。明らかに服の黒色より肌の色の方が面積が広い。

服本体の面積が少ないのを誤魔化すためなのか、たくさんのリボンやフリルが装飾されている。そのせいで、魔女というより魔法少女に見えた。もっとも、こんな破廉恥な魔法少女がテレビで登場したら、ＢＰＯもＰＴＡも黙ってはいないだろうが。

端的に言えば、千佳はめちゃくちゃエロい魔法少女に変身した。

「え、ええと……トリックオアトリート……？」

千佳が恥ずかしそうにおへそを両手で隠しながら、とてもではないがお菓子をもらえそうにない小さな声でそんなことを言ってきた。

モジモジしている千佳に、颯真が目を奪われていると、子供たちがわっと騒ぎ出す。

「すごーい！」

「カッコイー！」

「かわいいー！」

第二次性徴なんてまだまだ先の彼らには、この衣装の破壊力は理解できないようだった。

「その……本当は、みなさんと同じ魔女の衣装を作るつもりだったんです。ですが、布の残りが少なくて、それを寄せ集めて作ったものですから、こんな風にしかならなかったんです」

破壊力を理解できてしまう颯真がポカンと口を開けた間抜け面を晒していると、千佳が言い訳めいたことを言ってきた。

聞けば納得の理由だが、なんともな理由でもある。

「あ、あの、颯真さん」

「な、なんだ?」

二人とも顔を赤くしながら見つめ合う。

「その、いかがですか?」

「いや、いかがと言われても……」

困ってしまう。

とても綺麗だし、とてもエロいし、とても似合っている。

だが、この感想を面と向かって口にするのは、どうにも憚られた。とんでもなく恥ずかしい。

「そうだな……。その、まあまあじゃないか? いいと思うぞ」

「それだけですか?」

当たり障りのない感想を言うと、千佳が不満そうに頬を膨らませた。

「頑張って作って、勇気を出して着たんですから、もうちょっと褒めてほしいです」

「だから、いいと思うぞって褒めてるじゃないか」

「もう一声！」

「市場のセリじゃないんだから」

詰め寄ろうとする千佳の肩を掴んで、無理矢理距離を取る。

間近で見ると、一層刺激が強い。

すると、魔女と吸血鬼たちがこちらを見ながら、ヒソヒソと陰口を叩き始めた。

「女の子が褒めてほしいって言ってるのに、褒めない男ってサイテーらしいよね」

「女性にきれいとかかわいいとか言わない男はデリカシーがない最低な男だから好きになっちゃダメってママが言ってた」

「だよねー。わたしのママだったら、ぜったいにフクロにしてる」

「ぼくんちのパパはいっつもママにきれいだねって言ってる！」

「将来、あのおにいさんみたいになっちゃいけないよね。気をつける」

ボロクソだ。

恥ずかしくて言えないんだから、仕方がないじゃないか。

「さてさて、次は颯真さんの番ですね」

きわどい魔法少女の恰好に慣れてきた千佳が、気を取り直してポンと手を叩いた。

「は？　俺のもあるのか？」

「先ほど、『私たちの分』って言いましたよ。私を含めてみんな仮装しているのに、颯真さんだけ制服姿のままってあり得ません」

それはまあ、正論だ。だが、千佳のことだから、とんでもない衣装なんじゃないかとついつい警戒してしまう。

「まさかとは思うけど、お前が着ている魔法少女の恰好じゃないだろうな。だったら、場の空気を悪くしてでも全力で拒否るからな」

「違いますってば。女性の恰好ではありません」

エッチな魔法少女がカバンの中をゴソゴソと探る。

「本当は、私とペアになる白い魔法少女の恰好をしてもらいたかったのですが――」

「やっぱり女装させようとしていたのかよ」

「――してもらいたかったのですが、材料がどうやっても足りなくて、断念せざるを得ませんでした。残った端切れで作れたのは、ミイラ男の衣装で精一杯でした」

そう言って取り出したのは、薄汚れた感じに茶色く染められた幅広の帯というか、布切れだった。これをグルグル巻いて、ミイラ男っぽくしようということらしい。

「ミイラ男か。それならセーフだ」

茶色い帯を見て、ほっと胸を撫で下ろす。

ハロウィンのコスプレとしては実に無難だ。これくらいだったら全然問題ない。パーティーを盛り上げるためにも、喜んで仮装させてもらおう。

「それなら服の上から巻き付けるだけで大丈夫っぽいよな」

包帯もどきをくれよと手を伸ばすが、千佳に嫌ですと断られてしまった。

「私が巻いてあげます。颯真さんはそこに立っているだけで結構ですから」

にこやかに笑いながら、にじり寄ってくる。

「巻くだけだろ？　自分でやるって」

「いえいえ、しっかり巻くって自分ではなかなか難しいですよ。ですから、私がさせていただきます」

毎度毎度の小悪魔めいた笑顔だ。絶対にロクでもないことを考えている。

「いやいや、そこまでしてくれなくても。綺麗に巻けなかったら、その時注意してくれればいいから」

「いえいえ、それでは時間がかかっちゃいます。やはり、私が巻いた方がいいと思います」

子供たちが見物する中、千佳ががっしりと腕を掴んできた。

「というかですね、私、前から颯真さんを縛ってみたかったんです」

「本音をあっさり白状しやがった！　そんなことだと思ったよ！」

欲望をぶちまけた千佳は、嬉々として颯真の体に布切れを巻き付け始めた。看護師もビックリの驚くべき手際で、逃げる暇も振りほどく暇もない。あっという間にグルグル巻きにされていく。

「ちょっと待て！　苦しい苦しい！　変なところが締まってる！」

「ミイラ男のコスプレをネットで見かけた時から、ずっとしてみたかったんです。颯真さんを私の手でグルグル巻きに縛り上げたら、どんなに可愛いだろうって」

子供に見せてはいけない恍惚の表情を浮かべながら、聞かせてはいけないことを口走る。

「変な性癖に目覚めるな！　小さい子供が見てるんだぞ!?」

「変な性癖とは失礼です！　私はただ、颯真さんを可愛くグルグル巻きにしたいだけなんですから！」

「可愛いグルグル巻きなんて、この世に存在しない！」

悲鳴を上げるミイラ男と、至福の表情で縛り上げる魔法少女。

魔女と吸血鬼の恰好をした子供たちは、そんな奇妙な二人を黙って眺め続けた。

これを見て、小学生たちのおかしな扉が開かなければいいのだが。

縛られながら、それだけはありませんようにと颯真は強く祈るのだった。

「ひっどい目に遭った……」

千佳に弄ばれつつ、どうにかミイラ男の恰好になった颯真はぐったりしてしまった。

一方、魔法少女の方は存分に己の欲求を満たしたせいか、なんだか肌がツヤツヤしていた。

「想像以上に楽しかったです。今度はちゃんとしたロープで、いえ、鎖で縛ってみたいですね」

とんでもなく恐ろしいことを呟いているが、聞こえない。聞きたくない。

「ねえねえ、おなかすいちゃった。お菓子まだー？」

テーブルに突っ伏していると、腕から垂れ下がった包帯を引っ張られた。

顔を上げると、龍を背負った小さな魔女がこちらを見上げている。

「ああ……。そうか。いよいよ俺の番か」

このためにこのパーティーに参加しているのだ。気合を入れ直し、立ち上がる。

「今から用意するから、ちょっとだけ待ってくれよ」

「べつに、お菓子じゃなくても、いたずらでもいいけど？」

「……は？」

「わたしも、おにいさんをグルグル巻きにしてみたいな。たのしそう」

見上げてくるその幼い顔には、千佳のそれによく似た小悪魔めいた笑みが浮かんでいた。

「すぐに準備する！　だから、椅子に座って大人しく待っているように！」

女の子のその笑顔に恐怖し、慌てて奥の部屋に逃げ込んだ。

「あの年でSに覚醒するのかよ。女子ってコエー……！」

男子小学生たちに同情しつつ、ハロウィンスイーツの準備を始める。

この集会所、オンボロなのだが、大きな冷蔵庫があるのは助かった。おかげで前日にスイーツを運び込むことができた。それと、先ほど持ってきた保冷バッグの中身を組み合わせて、最後の仕上げに取り掛かる。

これが、今の自分が作れる最高のスイーツと信じて。

「お待たせー」

完成したスイーツを両手で抱えたミイラ男が戻ってくると、キャーッ！　と子供たちは今日一番の歓声を上げた。

「すっごいおっきい！」

「高い！」

「こんなのはじめて見た！」

「五段もある！」

「ケーキのタワーだ！」

颯真がこのハロウィンパーティーのために作ったのは、大きなケーキのタワーだった。

イチゴのショートケーキ、チョコレートケーキ、チーズケーキ、ミルクレープ、ムースケーキが五つの層を作り、三十センチを超える高さを作り上げている。見ているだけでも壮観で豪快なスイーツだった。

身も蓋もない言い方をすれば、五種類のケーキが縦に積み重なっているだけのものだ。だが、五層のケーキなんて、ウエディングケーキでもなかなか見られない。

インパクトは充分だった。

ケーキを運ぶ颯真の周囲を子供たちが囲み、スゴイスゴイと連呼する。

「どうだ、ビックリしただろ？」

「うん！」

千佳の父親に強烈なダメ出しを食らってショックを受け、千佳の励ましによってそこかた立ち直った颯真にとって、このハロウィンパーティーは試験のようなものだった。

『情けないパティシエ』になんかなりたくない。

だから、完璧なハロウィンスイーツを作ろうと誓った。

味も、見た目も、ハロウィンらしさも、全てを兼ね備えた、文句のつけようのないハロウィンのお菓子を作ってやるんだと意気込んだ。

「それでは、切り分けますから、みなさんお皿を持って並んでくださいね。颯真さんは手伝ってください」

「任せろ」

「でもせっかくのタワーを崩しちゃうのは、ちょっともったいないです」

「こんなもの、ハッタリなんだから、さっさと解体しちゃっていいんだよ」

文句なしに完璧なハロウィンスイーツ。

それを作れたなら、どんなに素晴らしいだろうか。だが、それは一番大事なことだろうか？　違うのではないだろうか。少なくとも、『パティシエ市瀬颯真』にとっては、最優先事項ではないのではないだろうか。

先日、準備を頑張っている千佳が口にした『笑顔』という言葉を聞いて、そのことに気づいた――いや、思い出した。

「はーい、それではみなさん、ケーキとジュース、ちゃんとありますねー？」

それぞれのお皿に綺麗に切り分けられた五種類のケーキが行き渡ると、魔法少女の千佳がぐるりと子供たちの顔を見回した。

「それでは食べましょうか。いただきまーす」

フォークを握り締めた小さな魔女と吸血鬼たちは、はーいと元気に返事をする。

千佳の号令により、ケーキの会食が始まった。

「チーズケーキ、おいしい！」

「このチョコケーキすごいよ！　中にチョコのソースが入ってる！」

そんなことを言い合いながら、子供たちは笑顔でケーキを食べてくれる。

……うん、やっぱり笑顔だ。

そんな子供たちを見て、確信する。

自分は、食べてくれる人の笑顔を見るためにパティシエになろうとしているんだ、と。

味？　見た目？　ハロウィンらしさ？　どれも大事だ。

だけど、笑顔より大事なものではない。食べてくれる人の笑顔を見るためなら、そんなもの捨てたってかまわない。

だから、あれだけこだわったハロウィンらしい味の、カボチャのお菓子をあっさりと諦めた。

コウモリの形のクッキーを出したところで子供たちは見飽きている。ハロウィンらしい見た目も捨てた。

全然ハロウィンらしくなくたって構わない。子供たちが笑顔になるスイーツを作ろう。それが何より大切だから。

そう考えた颯真が行き着いた先が、五段重ねのケーキだった。単純だが、子供たちは絶対に喜んでくれると思ったのだ。

「……ちょっとだけ見えてきた気がするな」

小さな声で呟く。

まだ具体的な道は見えないが、方向だけはわかってきた気がする。この方向の先にあるパティシエになろう。それが、子供の頃に志したパティシエのはずだ。

「颯真さん、ボーッとしないでくださいよ」

自分の分のケーキに手を付けることも忘れ、ケーキを食べる子供たちの幸せそうな笑顔を眺めていると、千佳が脇腹をつついてきた。

「せっかくのパーティーなんです。みんなでケーキを食べなくちゃ意味がありません。食べないと、いたずらしちゃいますよ？」

「なんだそのトリックオアトリートは。だいたい、お前はいつだってイタズラするだろ」

「屁理屈はいいですから食べてくださいってば。ほら、あーん」

イチゴのショートケーキを食べさせてもらう。

生クリームのコクとイチゴの甘酸っぱさが口の中で混ざり合い、絶妙なバランスをもたらしてくれる。

「まあまあかな」

「まあまあなんかじゃありませんよ。すっごくおいしいです！　颯真さん、とっても頑張りました！」

「そりゃどーも」

いい子いい子と頭を撫でられてしまった。

「ではでは、次は私に食べさせてください」

「何が食べたい？」

「チーズケーキをお願いします！」

千佳からフォークを受け取り、リクエストされたチーズケーキを食べさせてやる。

「チーズのほのかな酸味とコクがとってもいい感じですね。しっとりしていて、すごくおいしいです」

幸せいっぱいの千佳の笑顔をしげしげと眺める。

「千佳って、ものすごくおいしそうに食べるよな」

「だって、おいしいですもん」

「……そっか」

ストレートな感想に、こちらも笑顔になってしまった。

こういう笑顔を、もっと見たい。

心からそう思う。

「次、何を食べたい？」

「チョコレートケーキを希望します！」

「おい、足をパタパタさせるな。手元が狂（くる）っちゃうだろ」

リクエストされたケーキを食べさせてやるが、千佳が小学生よりもはしゃぐせいで、ケーキの中のチョコレートソースがフォークを伝って指にまで垂れてしまった。

その指をじっと見つめてくる。

「チョコソースが付いた颯真さんの指、おいしそうですね」

「さらっと怖いことを言うな」

「食べ——舐（な）めていいですか？」

「今食べるって言いかけたか⁉」

「気のせいですよ。ほらほら、綺麗にしてあげますから、指を出してください」

「フツーそこで出すのはハンカチとかティッシュだろ⁉　舌を出すんじゃない！」

　キャアキャア言い合いながら食べさせ合う。

　そんな年上の少年少女の姿を、小さな子供たちはケーキを食べるのも忘れて物珍しそうに眺めていた。

「うちのパパとママって、すっごく仲がいいんだけどさぁ。さすがに人前であんなことやってるの見たことないや」

「フツー恥ずかしくてできないよね」

「わたしの家とはちょっと似てるかも。ママっていつもカッコいいし、ちょっとこわいんだけど、パパの前ではネコみたいに甘えちゃうの。パパのことすごく好きなんだなーってわかっちゃう」

　そんなことを話していたが、くだらない攻防に熱中している颯真たちの耳には届かない。

「次はショートケーキにしませんか？　生クリームがとってもおいしかったです」

「お前まさか、クリームを指に付けて食べようって魂胆じゃないだろうな」

「いやですねぇ。まさかそんな、わざとするはずがないじゃないですか」

「だったら、俺の指をガン見するのはやめてもらおうか」

ケーキを食べさせたり、食べさせてもらったり。

千佳は、ずっと笑顔だった。


パーティーが終わり、グルグル巻きのミイラ男からいつもの制服姿に戻った颯真は、凝り固まった肩をゴキゴキ言わせて大きく息をついた。

「結構疲れたなぁ」

自覚していなかったが、ケーキタワーが受け入れてもらえるかわからず、緊張していたらしい。肩だけではなく、全身の筋肉が強張り、重たい疲労感が張り付いている。

だが、疲れただけの対価はあった。

「ごちそうさまでした！　また来年も作ってね！」

「チョコケーキおいしかった！」

「今度は十段のケーキ作って！」

別れ際、子供たちに笑顔でそう言われた時は、本当に嬉しかった。

やってよかった。頑張ってよかった。

心の底からそう思う。

「……いや、頑張ったのは、俺だけじゃないな」

千佳ものすごく頑張った。多分、ケーキを作るだけだった颯真以上に。

コーヒーでも奢ってやるかな、などと考えながら、集会所の戸にしっかりと施錠する。

一足先に着替えた千佳は、隣の児童公園で待っていた。

街灯下のベンチに座る彼女以外に人気はなく、公園はとても静かだった。

「お待たせ。今日はお疲れ様だ。甘いものばっか食べたから、コーヒー飲みたくならないか？　奢るからコンビニでささやかな打ち上げでもやろうぜ」

「…………」

声をかけるが、反応がない。

「……千佳？」

なんだかおかしいなと俯き加減の顔を覗き込むと、目を瞑ってすーすーと穏やかな寝息を立てていた。

「座ったまま寝てるのかよ。器用な奴だな」

まあ、仕方がない、か。

この一週間、一生懸命コスプレ衣装を作り続け、今日は準備や司会で働きっぱなしだった。

たった数キロのランニングでバテてしまう少女が、生まれて初めてのことに頑張り続ければ、居眠りしてしまうのも無理はなかった。

起こそうかと思ったが、気持ちよさそうな寝顔を眺めていると、起こすのが可哀想になってきた。

「起きるまで、待っててやるか」

地面に片肘をついたまま、千佳の寝顔を眺め続ける。

「……こいつの寝顔って初めて見たな」

寝顔を撮られた仕返しに写真を撮ってやろうかとスマホに手が伸びた。

だが、彼女の寝顔を見ているうちに、その手の軌道はスマホではなく彼女の方へ向かっていった。

少女の顔を覆い隠す帳のような髪を掬い、顔がよく見えるように後ろに流す。

街灯の光がよく当たるようになり、彼女の頬が真珠のような白い輝きを放ち始めた。

見慣れた制服で寝ているだけだ。なのに、とても美しく見えてしまう。

肩を大胆に出した大人びた私服姿ではない。

迂闊なまでに胸元が開いたパジャマ姿でもない。

スポーティで体のラインがくっきり見えるランニングウェア姿でもない。

布地の面積が少なくてエッチな魔法少女のコスプレ姿でもない。
一番見慣れた、一番普通の、一番ありふれた制服姿だ。
なのに、今の千佳が一番綺麗に見えた。
世界中を飛び回る天使が、ほんのひと時翼を休めるために舞い降りたようだ。
人工の光の輪の中で、彼女だけが星屑を散りばめたようにキラキラ輝いている。
「……綺麗だな」
知らず、そんな言葉が口から紡がれた。

§§§§§§§§§§§§§

「――綺麗だな」
その言葉を聞いた瞬間、千佳の心臓は大きく跳ねた。
千佳は寝てなんかいなかった。
颯真の驚いた顔が見たくて、寝たふりをしていたのだ。
ささやかないたずらをしたい。
それだけのつもりだった。

だというのに、千佳の方が驚かされてしまった。

なぜ？　どうして？　どういうこと？

頭の中で、疑問符がポンポンと浮かぶ。

自分が驚いていることに驚いてしまう。

綺麗って言われただけなのに、ドキドキしてしまったことが理解できない。

千佳にとって、「綺麗」や「可愛い」は聞き慣れた言葉だった。親にはたくさん言われた。

友達にも言われ続けている。他の人からも嫌になるぐらい聞かされた。

聞き飽きてしまっている。もはや嬉しいとは感じないし、驚きもしない。

そのはず、だった。

颯真がぼそりと呟いた一言は、今までどんな人に言われた「綺麗」よりも千佳の心を揺さぶった。

体が震えるくらい心臓が強く脈打つ。

ドクン、ドクン、ドクン。

こんな経験、生まれて始めてだ。

なぜ？　どうして？

自分の心臓に戸惑うばかり。

いくら考えてもわからない。

自分が嫌になる。こんなこともわからないなんて。

胸の鼓動に苛立ちさえ覚えてしまう。

——だけど。

颯真に気づかれないように、こっそりと微笑む。

こんなこと、可愛がられるだけの今までの自分ではあり得なかったことだ。颯真と一緒だったからこそ起きた不思議なのだろう。

だとしたら、きっとこれからも知らない自分にどんどん出会える。

なぜなら、千佳と颯真には協力関係があり、これからもずっと一緒なのだから。

「——あ、起きやがった」

「……おはようございます」

ゆっくりと目を開き、たった今起きたように、小さなあくびの演技をする。

「ごめんなさい。寝ちゃってました」

「気にすんなよ。疲れてるんだろ」

笑顔でそう言われると、罪悪感でチクリと胸が痛んだ。

「え、ええと、そうだ、お腹空きませんか？　コンビニで何か食べましょうよ。私、奢っちゃいます」

「コンビニはいいけど、さっきケーキ食べまくったのに、まだ食べるのか？　太るぞ」

「む」

ウソをついたお詫びに何か奢ってあげようとしたのに、失礼なことを言われてカチンときてしまった。

「大丈夫ですよ。その時は颯真さんと一緒にたくさん散歩しますから。ちなみに、首輪の色は何色がいいですか？」

「散歩ってそういう散歩かよ！」

思い切り嫌そうに顔をしかめる颯真を見て、笑ってしまう。

うん、やっぱり颯真さんとずっと一緒にいたいです。一緒にいると、とっても楽しいですから。

自分のことさえよくわかっていない千佳だったが、その気持ちだけは疑いようもない事実だった。

エピローグ

「俺を騙しやがったな？」

「さて、なんのことでしょう？」

颯真が苦虫を噛み潰したような顔で睨んだが、テーブルの向かい側に座る千佳は澄ました顔でお冷やに口を付けるだけだった。

子供会のハロウィンパーティーを無事終えた、数日後のことである。

千佳から、スイーツで有名なカフェを見つけたからご一緒しませんかと誘われた。

話題になっているスイーツと聞いて、断るはずがない。

放課後、二つ返事でホイホイと千佳の誘いに乗った颯真は、連れられるままにカフェに足を運んだ。

子供みたいにワクワクしながら案内された席に座り、彼女が注文するスイーツの名前を聞き、店内を見回し、そこでようやく気付いた。

「ここ、完全にカップル専門の店じゃねぇか……！」

周囲を見回し、グルルと野良犬みたいに低く唸る。

店内はピンク色を基調とした装飾が施され、お客の大半がカップルだ。仲睦まじい男女が幸せそうに互いを見つめ合いながら、スイーツを食べたりコーヒーを飲んだりしている。なんかもう、空気からしてピンク色な気がする。

極めつけは、千佳が注文したメニューだ。

「『愛がときめくラブラブスイーツプリンパフェ』ってなんだよ。評判のプリンパフェってのはどこいった」

「だから、それですってば。星４・５の評価が付いてますし、ＳＮＳにも写真がいっぱいアップされています」

ほらほら、と見せてくるスマホの画面には、彼女が言う通りたっぷりのフルーツが飾られたプリンパフェがズラリと表示されている。

千佳はウソは言っていない。

言っていないが、これはほとんど詐欺である。

納得できない颯真が睨み続けると、千佳も不満そうに唇を尖らせた。

「カップル専用のパフェが食べてみたいって、随分前に言ったと思いますけど。協力してくれたっていいじゃないですか」

「覚えてない」

「カナヅチのことは覚えていたくせにぃ」

「そっちはなんか覚えてた」

「だったら、パフェのことも覚えておいてください。カップル専用ってことは、二人前ってことですよね。そんな大きなパフェ、見たことも食べたこともないので、興味があったんです」

「斉藤でも誘えばよかっただろ。男女の組み合わせじゃないとダメってわけでもないみたいだし」

実際、店内にはカップルだけでなく、女同士や親子で来ているお客も見受けられる。

「未希ちゃん、食が細いんです。その点、颯真さんはスイーツを残すなんてしないでしょう？」

「もちろんだ」

パティシエ志望として、そんなことは絶対にあり得ない。

「だったら、颯真さんが一番の適任じゃないですか。万が一、私が食べ切れなくても安心です」

ニコニコと笑う千佳を眺めて、こっそりと嘆息する。

この少女のことだから、悪意はないのだろう。カップル専用のパフェを一緒に食べるのに、颯真が一番都合のいい相手だと考えたのだ。

……いや、黙って連れて来たあたり、悪意ゼロじゃないな。

もちろんここのパフェを食べてみたいというのも理由だろうが、この店に颯真を連れて来たら恥ずかしがるだろうとも考えていたはずだ。

その証拠に、頬が赤くなった颯真を眺める彼女の微笑みには、小悪魔的なものが見え隠れしている。

くそっ、いつもやりたい放題しやがって。

じっと睨みながら、苦々しく思う。

一応、どうにかやり返せないかと常々考えてはいるのだ。千佳の顔が真っ赤になるほど恥ずかしがらせてやりたい。

だが、全然妙案が思いつかなかった。

「颯真さん颯真さん、パフェがきましたよ」

考え込んでいる間に、カップル専用のパフェが運ばれてきていた。

「おお……。すごいな、これ」

二人の間にドンと置かれたパフェは、圧巻だった。相当な重量感と迫力、ボリュームがある。

だが、それだけではない。恋人向けということで、飾りつけも華やかで綺麗だった。

プリンを中心として、大輪の花が咲くように色とりどりのカットフルーツが盛り付けられている。そして、純白のホイップクリームやハート型の白黒のチョコレートなどがアクセントとして添えられていた。

こんなに華やかで可愛いパフェが出されれば、恋人たちのテンションが上がるのは間違いない。このパフェを一緒に食べるひと時は、恋人たちにとって幸せな時間になるだろう。

すごい、と素直に称賛したくなった。

「……綺麗だな」

「え」

プリンパフェをじっと眺めていると、思わず感想がこぼれ出た。

いつか自分もこんな綺麗なパフェを作ってみたい。そうして、カップルを笑顔にしてみたい。そう強く思うほどに見事だ。

騙されて来ることになったが、これは千佳に感謝した方がいいかもしれない。

「……千佳？　どうかしたか？」

プリンパフェから千佳に視線を移し、異変に気付く。

「私、どうかしましたか？」

「どうかって……顔、真っ赤だぞ」

「え？」

指摘されて、千佳が自分の頬を押さえる。

今の今まで普通だったのに、いつの間にか彼女の顔は赤く染まっていた。

「私、顔赤いです？」

「かなり赤い。ゆでだこみたいだ」

自覚がないのか、ペタペタと撫で回しながら、不思議そうな顔をする。

「最近急に寒くなってきたし、風邪でも引いたんじゃないのか？」

「いえ、いたって健康です。咳も熱もありません」

「とすると……ここの空気に中てられたか？」

「まさかそんな。颯真さんじゃないんですから」

冗談半分で言ってみたが、即座に否定されてしまった。

「よくわかりませんけど、ひょっとしたら空調が利きすぎて暑くなったのかもしれません」

「そうか？　そんなに暖房利いてるとは思えないけど。あ、わかった。脂肪のせいで――」

「それ以上言うなら、その口にこのパフェ全部叩き込みますよ？」

「すまん。今のは俺が悪かった」

千佳の背後に、一瞬鬼が見えた。

「私の顔色なんかどうでもいいですから、早く食べましょうよ。はい、あーん」

柄の長いソーダスプーンでプリンをすくい、口元へ持ってきてくれた。

ここまで来て、今さら拒む理由もない。素直にパクリとプリンを食べる。

「うん、うまい」

「私にもお願いします」

ひな鳥のように口を開ける千佳に、プリンを食べさせてやる。すると、ぴょんと体が浮くくらい喜んだ。

「おいしい！　このプリン、ものすごくなめらかですね。ビックリしました。もう一口食べさせてください！」

嬉しそうに再度口を開けてくる。

「いいけど、隣に行っていいか？　向かいから食べさせるの、結構難しいんだけど」

周囲のカップルたちは簡単そうにやっているが、柄の長いスプーンを使って、テーブルを挟んだ向かい側の人間に食べさせるのは案外難しい。的を外して、プリンを千佳のほっぺたにぶつけてしまいそうで怖かった。

「構いませんよー。どうぞどうぞ」

「先月のパフェ、よく俺に食べさせられたな。ちょっと感心しちゃったよ」

「そんなに難しいとは思わなかったですけど。口の大きさの違(ちが)いとかでしょうか」

「お前、口小さいもんな。よく食べるくせに」

「一言余計です」

そんなことを言いながら、ガタゴトと彼女の隣に席を移す。

肩が触(ふ)れ合うほどの距離(きょり)になった。これなら手元が狂うなんてあり得ない。安心してパフェを食べさせられる。

「ほら」

「あーん」

今度はプリンとフルーツを一緒に食べさせてやった。

「プリンとフルーツの甘さのバランスがちょうどいいですね。プリンの甘さが控(ひか)えめかなと思っていたんですが、これはフルーツとのバランスを考えてのことでしょう」

「相変わらずすごいな、千佳は」

甘さ控えめだなんて、颯真はちっとも気が付かなかった。

褒(ほ)められると、千佳はえへへと照れ臭(くさ)そうに笑った。

「以前でしたら自信ありませんでした。ですが、今はちょっとだけ自信があります。これでも、颯真さんのお役に立ちたいって頑張っていますから」

「千佳はすごく役に立っているよ。マジで感謝してる」

素直にそう言うと、彼女はますますえへへと笑った。

千佳に試食係を頼んで大正解だったと心底思っている。彼女以外の試食係なんてもはや想像さえできない。

「私も颯真さんに感謝していますよ？　颯真さんのおかげで、私の世界が広がりました。一人では行けなかった場所に行ったり、一人ではできなかったことができるようになりました。本当にありがとうございます。そして、これからもお願いしますね」

隣に座る千佳がぺこりと頭を下げると、彼女の明るい茶色の髪がふわりと躍り、颯真の鼻先をくすぐった。

「あ、ああ。こちらこそよろしく」

「あ、ちょっと照れました？」

「茶化すなよ」

赤くなった頬をつつかれてしまった。

……これからも、か。

颯真のお菓子作りの腕はまだまだ未熟だ。そして、千佳のやりたいことはまだまだたくさんある。

であるならば、この関係は当分続くだろう。

次は一緒に何をしようか。次は一緒に何を食べようか。次は一緒にどこへ行こうか。

そんなことばかりが頭に浮かぶ。

「颯真さん颯真さん、次はチョコが食べたいです」

あれこれ考えていると、小さなハート形のチョコレートをリクエストされた。

「あ、チョコだけ食べたいです。その方が味がわかりやすいですから」

乗せられているホイップクリームと一緒にスプーンですくおうとしたが、そんな注文をつけられた。

スプーンを置き、チョコを指で摘まんで彼女の口元に運んでやる。

「ほらよ」

「あむ！」

飼い主にご褒美をもらう子犬みたいにチョコレートをパクリと食べた。

「あ、このチョコもおいしいです。かなりビターで、見た目だけでなく、味の意味でもアクセントになっていますね。ほら、颯真さんもどうぞ」

食べる側と食べさせる側が逆になる。

「……高級チョコって感じじゃないけど、うまいな」

「あまり高級だと、チョコの存在が強くなりすぎますから。このパフェの主役はプリンです」

「なるほど。他のものはあくまで引き立て役ってことか」

「あ、ホワイトチョコも食べたいです」

「ほら、口を開けろ」

「あーん」

二人にとってはあまりにいつものこと過ぎた。

だから、店内の視線が自分たちに集まっていることに、全然気づかなかった。

「――今日の夕方に来店した高校生カップル見た？」

「見た見た。いやー、あれはすさまじかったね。すごかったわー。あの二人、結局最初から最後までじゃれ合いながら食べさせ合ってたもんね。普通は途中から大変になったり飽きたりして、自分で食べるようになるものなんだけどなぁ」

「こんな店でバイトしてるから、イチャつくバカップルなんて山ほど見てきたけど、あれは群を抜いてたわー」

「すごいよね。向かい合わせじゃなくて隣に座った挙句、手で食べさせ合うとか。人前でよくできるわ、あれを」

「若いってすごいわね。あーあ、バイトなんかしてないで、彼氏見つけよっかなー」

その日、ウェイトレスたちの間でそんな会話がされたことを、颯真は知らない。

〈了〉

あとがき

はじめての方、はじめまして。久しぶりの方、お久しぶりです。どうも、水口です。

先日、京都の有名銘菓、生八つ橋を何年振りかに食べる機会がありました。

実はこの生八つ橋、子供の頃から大の苦手です。

理由は、ニッキ臭いから。あの独特のにおいがどうも合わなくて、いただいても全然嬉しくないお菓子ナンバーワンを幼少期よりずっとキープし続けていました。

しかしながら、いつまでも食わず嫌いのままではよくないと意を決して食べてみました。

……あれ？　食べられる？

自分でも驚くほど平気でした。ニッキのにおいが気になりません。むしろ、緑茶と一緒にいただくと、すごく合うじゃないかと思ってしまうほどでした。

自分も大人になったということなのでしょう。我ながら、成長を実感しました。

次は、福岡銘菓、ひよこ饅頭を克服したいです。

立体で可愛らしいひよこの形をしていて、食べるのが可哀想で、食べられないんです。あれを頭からかじりつくとか、到底できません。誰でしょうね、あんな愛らしいお菓子を作った人は。

とか言ってるくせに、鎌倉銘菓、鳩サブレーは大好きだったりします。あれも可愛らしい形をしていますが、平面なので平気です。

謝意を。

大変お忙しい中、イラストレーターのたん旦様には、各章ごとに服装が異なるヒロインをたくさん描いていただきました。

美的センスゼロの自分より、イラストレーター様の方が絶対に素敵にしてくれるだろうと、デザインについては完全にお任せしてしまいました。にもかかわらず、全てが可愛らしい服装となっていて、改めてイラストレーターってすごいんだなと感服することしきりです。

さらには、カバーイラストのために、作中では登場しない小悪魔な衣装までデザインしていただきました。本当にありがとうございました。

その魅力的な小悪魔衣装のカバーイラストなのですが、せっかく素敵な絵を描いていただいたのだし、もっと活用できないかと、イラストより発想したショートストーリーを書いてみました。

一応、5・5章としておりますが、あくまでおまけ的な話です。

簡潔にまとめると、主人公と小悪魔なコスプレをしたヒロインがイチャイチャしているだけの話です。

X（旧Twitter）にて、しばらく公開しております。ごく短いものですが、興味がおありの方は御覧ください。

ユーザー名は、@takamizu19としております。

それではまた。今後とも何卒よろしく。

HJ文庫 https://firecross.jp/
1139

愛され天使なクラスメイトが、俺にだけいたずらに微笑む 2

2024年2月1日　初版発行

著者――水口敬文

発行者―松下大介
発行所―株式会社ホビージャパン

〒151-0053
東京都渋谷区代々木2-15-8
電話　03(5304)7604（編集）
　　　03(5304)9112（営業）

印刷所――大日本印刷株式会社

装丁――coil／株式会社エストール

ISBN978-4-7986-3404-3　C0193

ファンレター、作品のご感想お待ちしております
〒151−0053　東京都渋谷区代々木2−15−8
(株)ホビージャパン HJ文庫編集部 気付
水口敬文 先生／たん旦 先生